Gernot Wolfram

Samuels Reise

Gernot Wolfram

Samuels Reise

Roman

Deutsche Verlags-Anstalt
München

Für meinen Vater, Uwe Wolfram, der auch eine Reise hinter sich hat

… und so verharrte ich im unerschütterlichen Glauben, die Zeit der grausamen Wunder sei noch nicht um.

Stanisław Lem

1.

Zuerst war da der Umriss hinter der Milchglasscheibe. Ein unruhiger, schmächtiger Körper, mit den Füßen kräftig auf die Kacheln klatschend. Er schien zu merken, dass er beobachtet wurde. Der Körper blieb manchmal stehen, hielt inne, und man konnte sich vorstellen, wie er mit den Augen etwas im Raum fixierte, eine sonderbar gefärbte Kachel oder eine Spur perlenden Wassers, die irgendwo an den vor Feuchtigkeit glänzenden Wänden herunterlief. Einmal entfernte sich der Umriss hinter der Scheibe. Ich kann mir nicht helfen, dieses Verschwinden machte mir, obwohl ich den Jungen, zu dem der Körper gehörte, noch kaum kannte, sofort Sorgen. Und schon waren es ähnliche Sorgen wie zu dem Zeitpunkt, als der Junge wirklich verschwand. War er gestürzt? Hatte er sich weh getan? Entzog er sich böswillig?

Ich rannte in den Duschraum, öffnete die großen gläsernen Türen und sah im Dampf der heißen, rauschenden Duschen Samuel auftauchen, das Gesicht (das im

Gegensatz zu dem schmächtigen, dünnen Körper groß wirkte) von einer tiefen Röte überzogen, um die Schultern ein blaues Handtuch geschlungen. Er sah mich an und schüttelte den Kopf. Wie dumm von dir, mich so zu überraschen, schien sein Gesicht zu sagen. Zugleich flog ein nervöses Zucken über seine Wangen, das ihm etwas Erwachsenes, Unnahbares verlieh. Er ging langsam an mir vorüber. Erst jetzt fiel mir auf, dass ich, da ich bereits angezogen war, augenscheinlich einen ziemlich seltsamen Eindruck zwischen all den nackten Männern machte. Auf meinem schwarzen Pullover setzte sich glitzernd der Wassernebel ab.

Ich war noch nie zuvor in dem Bad in der Seestraße gewesen. Ich gehe gern schwimmen, aber lieber im Meer oder in Flüssen. Anna hatte darauf beharrt, Samuel liebe dieses Bad und ich solle ihn begleiten. Mit seinen schwarzen Haaren und den kurzen kräftigen Armen, die an dem schmalen Körper wie eine Sonderattraktion herumhingen, lief er zwischen den Badenden mit einer eigentümlichen Unbeholfenheit umher, wobei ich das Gefühl hatte, er spiele mit diesem Eindruck. Ein raffinierter kleiner Mime, dem schwer auf die Schliche zu kommen war.

Wenn er mir später auf einem Hotelgang oder einer Straße entgegenkam, hatte ich immer das seltsame Gefühl, ein gestutzter Vogel ging da auf mich zu, ein Wesen, das aus einem unergründlichen, festen Selbstbewusstsein bestand, in dem die Schüchternheit lediglich wie Staub in einem Zimmer umherflog. Und natürlich: Das Zusammenspiel von Stille und Gemurmel in dem Schwimmbad erinnerte den Jungen wohl an etwas Elementares in seinem Kopf, an Raumschiffe, die zwischen den Sternen in Dunkelheit unterwegs waren, an seine kuriose Vorliebe für die Geschichten des weltberühmten polnischen Mannes, der in einer Stadt lebte, in der ich noch nie zuvor gewesen war und die mich im Grunde nicht interessierte, ebenso wenig wie die ausladenden Romane über das Weltall, die der Alte schrieb.

Vor dem Schwimmbad strich ein frühsommerlich kühler Wind durch die Straße. Samuel ging neben mir, seinen Kopf unter der Mütze versteckt, die Hände in den Taschen seiner Jacke vergraben. Auf dem Weg zur Straßenbahnstation redete er kein Wort. Manchmal sog er die Luft ein und stieß sie dann wie bei einem Pfiff aus. Sein ganzer Körper war von einer sonderbaren Anspannung erfüllt. Als ob er alles nur aus den Augenwinkeln wahrnehmen wollte, um sich bei seinen Beobachtungen nicht ertappen zu lassen.

Kurz vor der Straßenbahnstation entdeckte Samuel in der Schaufensterauslage eines Buchladens eine ausgebreitete Landkarte. Er blieb vor dem Schaufenster stehen und blickte auf die dunkelgrünen, blauen und braunen Flächen, die nicht wie üblich durchkreuzt wurden von Linien, Länder, Fluss- und Stadtnamen, sondern namenlos dalagen wie Teile eines ungeschickt zusammengefügten Puzzles. Die Karte zeigte den europäischen Kontinent, eine Satellitenaufnahme; die Farben hatten einen keramikartigen Glanz.

»Kaufst du sie mir?«

Seine Stimme war leise. Wir betraten den Laden, und ich kaufte die Karte. Er bedankte sich und faltete die Karte noch im Laden wieder auseinander. Die Verkäuferin beobachtete uns neugierig. Ohne sich von ihr stören zu lassen, kniete Samuel am Boden und betrachtete die Karte, als enthalte sie einen Hieroglyphentext, den nur er zu lesen imstande war. Er fuhr mit dem Finger ein Gebiet ab, das ich zunächst mit Sachsen in Verbindung brachte. Seine Hand strich jedoch schnell große Räume ab. Mir war nicht klar, was ihn an dieser Karte so faszinierte. Er faltete sie wieder zusammen und nahm sie unter den Arm. In der Straßenbahn setzte er sich auf einen einzelnen Platz, ohne mich weiter zu beachten.

Draußen zog der kleine Park neben dem Schwimmbad vorbei. Die Bäume standen darin wie große Kübelpflanzen; das Licht schien zwischen ihnen förmlich zu fliegen. Auf den Wegen sah man noch den Schlamm, den der Regen in der Nacht geschaffen hatte, ein leicht aufquellender Schlamm, der die Helligkeit von Sand besaß.

Als die Bahn in die Invalidenstraße einbog, kam der Eingang der Bibliothek, in der ich manchmal Bücher für meine Arbeit bestellte, in den Blick, und ich dachte mit einer gewissen Erregung an die Übersetzung, mit der ich am Morgen begonnen hatte.

James Boswells *Journal* lag auf meinem Schreibtisch. Das englische Buch mit dem wuchtigen Porträt des Schotten, der so unbekümmert dem Betrachter entgegensah, als bräche er soeben zu einer Feier auf und schaute sich im Spiegel belustigt den eigenen Lebenshunger an. Auf den energischen Kopf Boswells hatte ich den gelben Zettel mit den Worten geklebt: Bis August neu übersetzen!

2.

Als ich als Übersetzer zu arbeiten begann, wurde mir bewusst, dass meine Vorliebe den alten Jahrhunderten gilt. Ich bin vernarrt in das achtzehnte Jahrhundert Englands. In die englische Sprache des achtzehnten Jahrhunderts, um es genau zu sagen. Ich liebe die englische Sprache, ihre wie salzige Brisen daherkommenden Wendungen und Rhythmen, ihre absurden Späße, ihr Gelächter und ihre pathetische Sachlichkeit. Ich glaube, ich bin ein ganz guter Übersetzer. Nicht nur aus dem Englischen der Vergangenheit, ich bewege mich auch wie ein Fährtensucher, ja zuweilen wie ein Spürhund im Englischen der Gegenwart. Jedenfalls sagen die Leute im Verlag, sie seien mit meiner Arbeit sehr zufrieden.

Jeden Morgen sehe ich mich an meinem Schreibtisch sitzen, Kaffee trinken und die Chansons von Serge Gainsbourg hören, die einzige Musik, bei der ich arbeiten kann. (Am besten, wenn Gainsbourg die Lieder nicht selbst singt, sondern Jane Birkin, die kein Ende beim Hauchen und Schluchzen findet.) Wie herrlich ist es, wenn dann noch das Licht warm ins Zimmer fällt, ich im Haus gegenüber die verrückte alte Frau beobachten kann, die mit dem Bleistift manchmal auf ihrem Fensterbrett herumkritzelt – sie war früher Sekretärin beim Staatsratsvorsitzenden in dem untergegangenen deutschen Land –, und ich schließlich in diesen Zustand gerate, in dem mir nur noch meine Arbeit wichtig ist. Die Sätze treiben aufeinander zu, als kämen sie aus einer Reihe imaginärer Wasserhähne, die jedoch nicht nur Flüssiges, sondern auch Stockendes und Störendes auswerfen. Kleine Steine, Zweifel, Fragen, Missklänge, sinnlose Nebensätze, Füllwörter, für die man den Autor bestrafen möchte. Die zwei Sprachen schwirren dann wie Funkwellen in meinem Kopf umher, und ich bin derjenige, der sie ordnen kann, der die jeweilige Suppe aus dem einen Sprachgefäß in das gewünschte andere tropfen lässt, mit möglichst geringen Verlusten. Wie glücklich bin ich, wenn ich dann gegen zwölf Uhr den schwarzen, flachen Computer zuklappen, die Wörterbücher zur Seite legen und ins Hanoi gehen kann, ein in Mandelbraun gehaltenes vietnamesisches Restaurant in der Gormanstraße, in dem ich meistens gebratenen Rotbarsch mit scharf gewürzter Sahnesoße bestelle. Während des Essens sehe ich Freunde oder ich denke über das nach, was ich schon geschafft habe. Vor allem seitdem ich Boswells *Journal* übersetze.

Ich begebe mich nicht mutwillig in die alten, vom Regen gewaschenen Schlösser und Parks mit ihrer hellgrünen Nüchternheit, stürze mich nicht in Gedanken über prächtige, mit vielen Unterröcken ausgestattete Frauen, wie mein Liebling Boswell – oder vielleicht mache ich es doch, aber dann nur hin und wieder. Dennoch weiß ich, dass etwas Wundersames geschieht, wenn ich mich in seine Texte vertiefe. Ich falle, ohne es zu wollen, in eine herrliche Musik hinein, in einen Ton des Realistischen, Saftigen, Stürmischen, in eine Welt voll merkwürdiger Gestalten, Höf- und Bücklingen, Damen mit weiß gepuderten Gesichtern, adligen dickleibigen Männern, die sich in großen, lichtdurchfluteten Ateliers mit Eulen porträtieren lassen, die Schultern in einen Mantel mit Pelzbesatz eingeschlagen, in eine Welt der Intrigen, der Lüge und des Verrats, aber auch der nobelsten Gesinnungen.

Wie sehr gefällt es mir, wenn ich beispielsweise jene Stellen finde, in denen Boswell seine Ehrfurcht vor dem bewunderten Freund Samuel Johnson kundtut. Nein, nicht kundtut! Es ist viel einfacher und großartiger: Der alte, milde Johnson betritt den Raum, ein Zimmer, einen Versammlungssaal, eine Teegesellschaft, und Boswell feiert die Ankunft des verehrten Mannes mit zärtlichsten Beschreibungen. Wenig später findet man den guten Boswell dann wieder über ein Dienstmädchen gebeugt. Er leckt ihre Scham oder reitet sie rücklings und hat schnell ein schlechtes Gewissen. Ohne Zweifel ein sonderbares Wechselbad.

Anna sagte oft zu mir, ich wäre gern selbst ein Boswell, aber das stimmt nicht. Ich möchte kein Boswell sein. Im Gegenteil. Ich brauche eine gewisse Ruhe und Regelmäßigkeit in meinem Leben. Zweimal in der Woche laufe ich im Tiergarten oder besuche ein Sportstudio. Jeden Mittwoch gehe ich mit einer Schulfreundin zu einem Salsatanzkurs. Sobald der Frühling beginnt, fahre ich hinaus an einen der Seen Berlins und schwimme in dem eiskalten, die Haut zwickenden Wasser. Zudem boxe ich hin und wieder, aber nur gegen Sandsäcke. Gegen Menschen würde es mir keinen Spaß machen. Sonst sitze ich täglich an meinem Schreibtisch, genieße das Morgenlicht, trinke viel Kaffee, rauche neuerdings nicht mehr als sechs Zigaretten und treffe abends Menschen, in deren Nähe ich mich wohlfühle. Das Einzige, was ich dem verwegenen Boswell über die Jahrhunderte hinweg neide, ist sein ausschweifendes Reiseleben. Wirklich, er ist herumgekommen! Wie schnell er reist, wie er die Landschaften hinter sich lässt. Dörfer, Wiesen, Äcker, die prächtigen Tore der

Städte. Einfahrt–Ausfahrt, Einatmen–Ausatmen, Gasthäuser, in denen es nach Hühnern und Gänsen riecht, nach Gebratenem, nach warmer, zerflossener Butter, Öl, Petersilie, nach Schweiß, herumstehenden Lederstiefeln, Holzfluren, über die Wasser klatscht, und nach großer Wäsche. Ein Schwall von fetten Düften, dunstig und weich. In den Zimmern, die Boswell bewohnt, stelle ich mir vor, liegt auf einem Tisch sein *Journal*, daneben ein Buch von Johnson, in dem er täglich blättert.

Der Alte hat ihn mit guten Vorsätzen ausgestattet, wie man sich in der Welt benehmen soll. Im Hinterkopf bewahrt Boswell die guten Vorsätze auf, holt sie manchmal hervor, betrachtet sie wie eine glänzende Münze oder ein weißes Taschentuch. Doch sobald er den Hintern eines Dienstmädchens oder einer Dirne oder einer erreichbaren Adligen sieht, schwillt ihm das Geschlecht, und es ist aus und vorbei mit den guten Vorsätzen. So reist mein lieber Boswell, und ich muss sagen, es erstaunt mich jedes Mal aufs Neue, wie ungezwungen er darüber berichtet und plaudert.

Ich erinnere mich noch genau, wie ich die ersten Sätze aus dem *Journal* an diesem Morgen getippt hatte.

Das Londoner Tagebuch 1762. Der antike Philosoph gab uns einen weisen Rat mit dem Satz »Erkenne dich selbst«, denn diese Erkenntnis ist unter allen die wichtigste. Ich könnte darüber noch eine Menge mehr sagen, aber ich will jetzt keinen Vortrag halten. Am besten erkennt man sich, wenn man die Regungen des eigenen Herzens und die eigenen Handlungen beobachtet; daraus lässt sich mit einiger Sicherheit schließen, wie man beschaffen ist.

3.

Samuel redete in der Straßenbahn bis zum Aussteigen kein Wort mit mir. Je näher wir dem Haus kamen, in dem Anna mit ihrem Vater wohnte, desto abwesender wirkte er. In der von Villen gesäumten Straße lag eine prächtige Dämmerung und eine Luft, die bereits nach Frühling und Wärme roch.

Während er sich im Flur seine Schuhe auszog, sah Samuel auf den Stich der Stadt Leipzig aus dem Jahre 1750 und murmelte vor sich hin, das sei ein langweiliges Bild. Das graumilchige, spinnenartige Geflecht von Straßen schien dort schon seit ewigen Zeiten zu hängen. Ich sagte, es sei ein Bild für alte Leute. Samuel schien kurz verwirrt. Schließlich schlug er mit der flachen Hand gegen die Wand. Anna kam aus ihrem Zimmer, umarmte mich, fuhr dem Jungen durchs Haar und fragte ihn, ob alles in Ordnung sei.

Samuel nickte beiläufig und verschwand in der Küche.

»Habt ihr euch gestritten?«

»Nein, überhaupt nicht. Ich habe im Bad zwölf Bahnen zurückgelegt und Samuel saß am Beckenrand.«

»Meinst du, ihr vertragt euch?«

»Warum sollten wir uns nicht vertragen? Abgesehen von der Tatsache, dass dein Sohn Ewigkeiten in Duschräumen verbringt, ist alles in bester Ordnung.«

An diesem Abend begann die unheilvolle Geschichte mit der Reise.

Predotta, der sonst nie kochte, stand in der Küche und bereitete Fische zu. Es roch nach Thymian, Öl und Mandeln. Im Wohnzimmer hatte Predotta eine weiße

Tischdecke aufgelegt und, was noch ungewöhnlicher war, mehrere Kerzen angezündet. Aus dem Radio drangen die Klänge von Mendelssohns Violinkonzert. Ich fragte mich, warum Predotta diesen ganzen Aufwand betrieb.

Vor einem halben Jahr hatte ich Anna auf einer Tagung kennengelernt, ein Übersetzerkongress in Leipzig. Sie war mir zuerst überhaupt nicht aufgefallen in ihrem enggeschnittenen schwarzen Kostüm und den dunklen, hochgesteckten Haaren.

Die Art, wie sie während ihres Vortrages das Mikrofon näher zu sich rückte, das Gesicht auf das Pult gerichtet, als ob sie Angst hatte, ihre Stimme könnte zu leise sein, das Geräusch ihres Atems in den Lautsprechern, das zweimalige Herunterfallen ihres Kugelschreibers vom Pult gefiel mir. Als sie dann sagte, man dürfe beim Übersetzen historischer Texte nicht ins eilige Modernisieren kommen, glaubte ich, sie sei eine dieser Besserwisserinnen, von denen es in unserem Gewerbe nur so wimmelt. Später, während des Kaffees im Restaurant, trug sie ihre Haare offen und wirkte gelöster, als sei ihr der Auftritt auf dem Podium schwergefallen. Ab und zu drehte sie auf eine wunderbare Art kleine Spiralen in ihre Haare. Sie erzählte von den Publikationen ihres Vaters. Er sei Justizhistoriker, habe Bücher zum Völkerrecht und zur Geschichte des Nationalsozialismus geschrieben, natürlich sei vieles bei ihm angreifbar, ein schwieriger Mensch, dessen Kritiker in ihm einen großen Vereinfacher sähen. Mir fiel auf, dass sie sich unentwegt für irgendwelche Dinge entschuldigte. Sie entschuldigte sich sogar für die Länge ihres Vortrags und faltete dabei die Serviette immer kleiner.

Ich beobachtete ihr Gesicht beim Reden und ihre schönen, mit einem durchsichtigen Lack bemalten Nägel. Sie bemerkte, dass ich sie ansah, und versuchte, meinem Blick auszuweichen. Kurz vor Beginn des nächsten Vortrags ging ich im Foyer an ihr vorüber und flüsterte ihr zu: »Sie haben schöne Hände.«

Überrascht wandte sie sich um. Als sie merkte, dass ich weiterging, als sei kein Ton zwischen uns gefallen, lächelte sie und setzte sich, indem sie zwei Stühle freiließ, während des Vortrags neben mich.

Wie kalt war das Licht in diesem Saal. Wie zwei Schüler schrieben wir uns auf den Rückseiten ihres Manuskripts Sätze auf. Das leise Geräusch des Bleistifts, während sie schrieb, und die Tatsache, dass sie ihr Vortragsmanuskript verwendete, als sei es irgendein beliebiger Papierstapel, beeindruckten mich. In der Folge verabredeten wir uns auf einer anderen Konferenz in Hamburg. Es war ein Hotel im Hamburger Westen, in dem wir das erste Mal miteinander schliefen.

Anna hatte gezögert, ihre Bluse auszuziehen. Sie hatte mich sogar ernstlich gefragt, ob wir nicht miteinander schlafen könnten, ohne dass sie die Bluse ausziehe, da sie über der linken Brust ein Muttermal habe, für das sie sich schäme. Ich hatte ihr, unentwegt das Gesicht küssend, die Bluse aufgeknöpft. Als ich dann den Fleck auf ihrer Brust sah, ein wenig oberhalb ihrer großen braunen Brustwarze, küsste ich ihn mit festen kreisenden Zungenbewegungen, bis Anna aufstöhnte.

Während des Frühstücks im Bett sagte ich zu ihr, dass ich wissen wollte, wie sie lebe, wie ihr Tag aussehe, wie sie sich ihre Haare wasche, morgens über die Straße zum Bäcker gehe und mit ihrem Vater, dem großen Vereinfacher, rede. Anna sah mich an, als wollte ich mich über sie lustig machen, und zog die Decke über ihre Brust. Ich streckte meinen Arm aus und zog die Decke wieder ein Stück hinab, so dass es kein Versteck mehr gab. Hinter ihr an der Wand lag ein Schatten wie ein flimmerndes Tuch. Sie streichelte meinen Arm.

»Woher nimmst du eigentlich deine Ruhe?«

Anna setzte sich auf und zündete sich eine von meinen Zigaretten an. Ich sagte ihr, dass ich es nicht wisse. Ich sei nun einmal ein Mensch, der das Leben zu gern hat, um sich aufzuregen.

»Zuerst dachte ich, du spielst das nur. Aber ich glaube, du bist wirklich so.«

Ich griff nach der Zigarettenpackung.

»Vielleicht denkst du ja auch, ich bin in Wirklichkeit eiskalt, ein gefühlloser Brocken, einer der skrupellosen Modernisierer.«

»Du nimmst mich nicht ernst. Du nimmst mich überhaupt nicht ernst.«

»Ich möchte mit dir zusammen sein, Anna. Es ist schön mit dir. Wir könnten in Berlin ein paar Tage bei mir und dann ein paar Tage bei dir wohnen. Wie es uns gefällt.«

Sie stand auf und ging ans Fenster. Ihr nackter Rücken erinnerte mich an eine Fotografie, die ich einmal in einem Ausstellungskatalog gesehen hatte: eine Frau am Fenster, deren Nacktheit vollkommen hinter der Ernsthaftigkeit verschwand, mit der sie, die Arme vor dem Oberkörper verschränkt, nach draußen blickte. Ich dachte an dieses Bild und überlegte, wie lange Anna schweigend dort stehen bleiben würde.

Es sei wichtig, meinte sie plötzlich, die Reaktion des Jungen abzuwarten.

Ich war erstaunt, dass sie erst so spät von ihrem Sohn zu sprechen begann.

Samuel, sagte sie, sei ein schwieriger Junge. Ihre Verwandten meinten: ein unberechenbares Kind.

Während sie über den Jungen sprach, sah sie weiter aus dem Fenster.

Der Vater, sagte sie, habe ihr Samuel förmlich zurückgegeben. Der Junge sei zwischen ihnen hin- und hergewandert, nicht aus Lieblosigkeit, gewiss nicht, aber aus Ratlosigkeit. Tagelang schließe er sich ein, rede kaum ein Wort, lese seine komischen Bücher oder schreibe Briefe an den Autor dieser komischen Bücher, einen alten polnischen Schriftsteller aus Krakau. Der Junge habe eine sonderbare Leidenschaft für alles, was mit Raumfahrt, Planeten und dem Weltall zu tun habe. Eben jener Pole, dem er die Briefe schreibe, habe es ihm angetan, da seine Bücher voll seien von Astronautengeschichten und staubroten Planeten. Bislang sei noch nie eine Antwort aus Polen in Berlin eingetroffen, was an der einfachen Tatsache liegen könne, dass Samuel niemandem die Briefe zeige und somit auch niemand wisse, welche Adresse er darauf schrieb.

Während Anna sprach, versuchte ich mir den Jungen vorzustellen. Ich fand kein Bild, das zu ihrer Beschreibung gepasst hätte. Es war das Gesicht eines Erwachsenen, das vor mir auftauchte, das Gesicht eines älteren Menschen, nicht das eines Zwölfjährigen. Ich fragte sie, was die Lehrer in der Schule über ihn sagten. »Dass er ruhig sei und nur spreche, wenn er etwas gefragt werde, sonst keine Auffälligkeiten.«

Das waren die ersten Dinge, die ich über Samuel erfuhr.

Predotta brachte aus der Küche das Tablett mit den Fischen. Während er die Fische auf die Teller legte, murmelte er etwas vom »Genuss des Ozeanischen«, das Wort »Genuss« besonders betonend.

Er hatte das Gebaren eines Menschen, der seinen Charakter als unzerstörbares Wahrzeichen vor sich hertrug. Ihm zu widersprechen hieß, mit Argumenten anzukommen, die es nicht gab. Insgeheim nannte ich ihn *den Wuchtigen,* obgleich seine Stimme etwas Weiches, Raunendes und Einnehmendes hatte, wenn er ins Erzählen kam. Er bildete sich offensichtlich eine Menge darauf ein, dass man ihn an der Universität immer noch Seminare halten ließ, obgleich er längst emeritiert war und seine letzten Veröffentlichungen im Ruch standen, vor historischen Unrichtigkeiten strotzende Zusammenstellungen alter und vor allem fremder Zeitungsartikel zu sein. Es hatte wohl wegen dieser Veröffentlichungen eine Menge Ärger gegeben. Wenn man ihn auf diese Kritiken ansprach, kam es vor, dass er, einen Mund nachbildend, einfach die Hand öffnete und wieder schloss.

Wie an einem Feiertag saßen wir zu dritt in dem von gedämpftem Licht erfüllten Wohnzimmer. Predottas weiße Haare, die er sich jede Woche beim Frisör waschen ließ, waren frisch geschnitten. Seine Hornbrille hatte er auf den Stirnansatz geschoben. Die Mundwinkel zog er leicht herab, wenn er vorgab, sich besonders zu konzentrieren. Mit diesem Gesichtsausdruck beugte er sich nun über seinen Teller mit der Forelle, deren Kopf wie ein altertümlicher Schwertknauf zur Seite hing und würzig duftende Aromen aussendete. Er schnitt die Forelle langsam am unteren Ende auf und sagte zu mir: »Hat dir Anna von dem Auftrag erzählt?«

Ich sah Anna fragend an, die so tat, als müsse sie es ihm überlassen, mir wichtige Dinge aus ihrem Leben zu erzählen.

»Nein, noch nicht.«

»Aha. Weißt du, es gibt eine Universität in Washington, die sich sehr für Annas Arbeit interessiert. Sie forschen dort über die Badener Revolution und bereiten eine Publikation vor, die Anna ins Deutsche bringen soll. Sie möchten gern, dass sie für einen Monat in die Staaten kommt, um dort das Projekt zu besprechen. Für den Aufenthalt spendieren sie ein Stipendium.«

Der Fisch verlor nun seinen Kopf. Aus dem Schwertknauf wurde gewöhnliches Treibgut.

»Das ist eine große Chance für sie. Eine ganz außerordentliche Möglichkeit, sich internationales Profil zu verschaffen. Sie kann auf keinen Fall absagen. Das wäre eine wirklich dumme Entscheidung.«

»Hast du bereits zugesagt?«

Anna schwieg und vermied es, mich anzusehen.

»Also ja.«

Der alte Predotta zog langsam und umständlich die Mittelgräte hervor, wobei er ein Gesicht machte, als sei er mit seinen Gedanken vollkommen bei dieser Tätigkeit. Plötzlich hob er den Kopf und rief nach draußen:

»Samuel, kommst du bitte. Das Essen steht auf dem Tisch.«

Wenige Augenblicke später öffnete sich die Tür, und der Junge trat ein. Er trug einen braunen Pullover, und seine Haare waren zerzaust, als habe er geschlafen. Ohne mich anzusehen, setzte er sich an den Tisch, trank einen Schluck Wasser und begann mit sicher geführten Schneidebewegungen den Fisch auseinanderzunehmen. Predotta lächelte ihm zu und legte ihm Kartoffeln auf den Teller.

»Ich wusste, dass du Hunger hast.«

Unentwegt musste ich auf den Kopf der Forelle schauen, der seltsam hässlich am Rande von Predottas Teller lag. Predotta setzte nun die Brille richtig auf und blickte zu mir herüber.

»Sieh mal, es ist so, Samuel ist erst im letzten Monat nach Berlin gekommen. Du weißt ja, wie lange es gedauert hat, bis sein Vater dem Umzug endlich zugestimmt hat. Natürlich werde ich mich um ihn kümmern, während Anna nicht da ist. Du sollst dich nicht belastet fühlen. Nur …«

Als Samuel hörte, dass sich das Gespräch um ihn drehte, legte er das Besteck zur Seite, stand auf und sagte, er gehe in sein Zimmer. Anna bat ihn, sich wieder zu setzen – »Es ist nur eine Idee« –, während Predotta ihm zunickte, akzeptierend, dass zwei Drittel des Fischs unangerührt auf dem Teller übrigblieben.

»Ich habe einfach keinen Hunger mehr.«

»Geh nur. Wir reden später.«

Predotta tupfte mit dem Zeigefinger einen perlenden Tropfen Wachs vom Kerzenhalter und zerrieb ihn zwischen den Fingern. Dann wandte er sich wieder mir zu.

»Ich möchte, dass der Junge sich nicht herumgeschoben fühlt. Ich denke, er sollte etwas Besonderes erleben. Etwas, das ihm wirklich am Herzen liegt.«

»Nun gibt es etwas für mich zu tun, nehme ich an.«

Anna biss sich auf die Unterlippe.

»Es tut mir leid. Ich werde die Zusage rückgängig machen.«

Sie griff nach meiner Hand. Predotta tat so, als habe er den Satz nicht gehört, und schob mit leicht zitternder Hand einen Bissen des hellen Fischinneren in seinen Mund. Er kaute, legte das Besteck beiseite und schenkte mir Wein nach.

»Es ist natürlich eure Entscheidung. Ich möchte nur zu bedenken geben, dass man nicht unbedingt eine Dummheit begehen muss, nur weil man nicht über eine vernünftige Lösung nachdenken will. Der Junge ist etwas Besonderes. Er liest jetzt schon Bücher, an die ich mich in seinem Alter niemals herangewagt hätte. Gut, zugegeben, es ist auch eine Menge Schund dabei. Aber das ist gleichgültig, welcher Junge hat heute noch eine solche unbedingte Neigung zu Büchern?«

»Entschuldige bitte, aber das Interesse an Büchern sagt doch noch nichts über geistige Fähigkeiten aus. Er liest offenbar irgendwelchen Science-fiction-Kram. Das machen viele Jungs in seinem Alter.«

»Ja, lass es Kram sein. Aber die anderen tun es nicht so, wie er es tut.«

»Meinen nicht alle Großväter, ihre Enkel seien außergewöhnliche Kinder?«

Predotta zog ein Gesicht, als hätte er den letzten Satz nicht gehört. Er nippte an seinem Weinglas und redete langsam weiter: »Wie auch immer, der Junge ist hochbegabt und hat kein Interesse daran, mit anderen Jungs in seinem Alter durch die Straßen zu ziehen. Wenn Anna in die Staaten fährt, wird er natürlich sehr traurig sein. Aber es handelt sich lediglich um einen

Monat. Um einen einzigen Monat. Mein Vorschlag ist daher, dass du«, er sah mich direkt an, »eine Reise mit ihm unternimmst, die ich selbstverständlich bezahlen werde.«

»Und wohin?«

»Wohin der Junge will natürlich.«

»Es klang eben nicht so, als ob er Reisepläne hätte.«

»Er hat Sehnsucht danach. Glaub mir.«

»Und meine Arbeit? Du weißt, dass bis zum August die Übersetzung des *Journals* fertig sein muss. Das sind nur noch zwei Monate, außerdem soll ich noch eine Broschüre für eine Plattenfirma übersetzen.«

»Kannst du die Arbeit nicht mitnehmen, etwas unterwegs daran machen? Außerdem sollt ihr keinen ganzen Monat wegfahren.«

Anna schüttelte den Kopf.

»So war das nicht besprochen. Du kannst nicht deine ganze Umgebung unter Druck setzen. Ich werde nicht fahren, wirklich nicht.«

Predotta aß nun wieder. Er ignorierte Anna, beobachtete mich und sagte wesentlich leiser als zuvor:

»Nun schreibt der Junge schon seit Monaten an den Mann nach Krakau. Ich hatte mir gedacht, dass du mit ihm nach Krakau fährst und den Schriftsteller besuchst. Ich könnte mir vorstellen, der Alte freut sich sogar. Sicherlich tut dem Jungen ein Ortswechsel, eine Bestätigung oder einfach ein Abenteuer gut.«

»Abenteuer? Bei einem Schriftsteller in Krakau? Das ist nicht dein Ernst? Ich kann kein Wort Polnisch. Und wie stellst du dir das vor, dass ich, obwohl ich den Jungen kaum kenne, mit ihm durch Bahnhöfe, Städte, Hotels ziehe.«

»Das wird schon klappen. Und was heißt hier – in Krakau. Höre ich da etwas heraus? Ich habe meine Kindheit in dieser Stadt verbracht. Ich weiß, was man jemandem in der Stadt zumuten kann und was nicht. Du wirst freilich merken, dass es da auch einige Schächte gibt, in die man besser nicht hineinfällt. Ich vertraue dir, dort mit dem Jungen die richtigen Wege zu gehen. Und ich wiederhole noch einmal: Alle Kosten, die anfallen werden, sowohl für ihn wie für dich, trage ich. Du kannst die Reise ausschlagen, gewiss, aber so ein Angebot erhält man nicht zweimal. Was du erleben wirst, irritiert dich womöglich. Aber nach und nach wirst du verstehen, warum Samuel diese Reise benötigt.«

Eine eigentümliche Stille trat ein. Predotta, Anna und ich aßen weiter, als müssten die Geräusche unserer Messer und Gabeln sich an Gleichmütigkeit übertreffen. Draußen auf der Terrasse war das schwache Licht der Außenbeleuchtung zu sehen. Mir kamen Boswells nächtliche Fahrten durch Europa in den Sinn. Wie sonderbar musste der Himmel damals auf den Betrachter gewirkt haben. Kein nächtlicher Flugverkehr, keine Verbindung von Europa nach Washington, keine Satelliten, keine Fernsehprogramme, keine Wetterdienste aus dem Weltall, keine Astronauten, keine Raketen, keine wissenschaftlichen und menschlichen Zuversichten eines Herrn Professor Predotta. Nichts von alledem. Nur die Schreibfreude und allnächtliche fröhliche Geilheit des Herrn Boswell, der gewillt ist, sich gut zu benehmen.

»Überlege es dir.«

Predotta wischte sich mit der Serviette umständlich den Mund ab.

Annas Schweigen wunderte mich. Warum ließ sie sich von diesem Mann so ins Abseits drängen? Wieder erinnerte sie mich an die Fotografie der Frau am Fenster.

»Ich werde mit Samuel reden.«

Sie stand auf und ging nach draußen.

Im Dunkeln des Nebenzimmers hockte der Junge auf dem Treppenabsatz, sich selbstbewusst auf die Arme stützend, die Beine angewinkelt, das Gesicht bewegungslos. Als er bemerkte, dass wir ihn ansahen, ließ er sich plötzlich polternd wie ein Sack nach vorne fallen. Er schien keinerlei Angst zu haben, sich zu verletzen. Er traf mit den Schultern auf dem Teppich auf und blieb dort zusammengekrümmt liegen.

»Was machst du?!«

Anna versuchte, ihn nach oben zu ziehen. Er schüttelte sie ab, verschränkte nun die Arme vor den Beinen, schwieg eine Weile und stieß dann leise hervor:

»Du kannst nach Amerika fahren. Ich brauche keine Reise.«

Ich stand auf und ging raus auf die Terrasse, um eine Zigarette zu rauchen. Die Art des Jungen, den fallsüchtigen Behinderten zu spielen, beeindruckte mich nicht sonderlich.

Durch das Terrassenfenster wirkte der Anblick mehr als komisch: Zwei erwachsene Menschen beugten sich über den Jungen wie über ein Unfallopfer. Warum stand er nicht auf? Sagte nicht auf klare und ordentliche Weise, was er wollte und was nicht? Die Kunst, Aufmerksamkeit auf sich zu lenken, wie er sie durch die Verzögerungen im Schwimmbad auch bei mir ausgespielt hatte, beherrschte er offenbar auf mehreren Ebenen.

Die Nachtluft fuhr mir kühl ins Hemd. Auf dem Nachbargrundstück ging in der obersten Etage das Licht aus. Ich machte ein paar Züge und drückte die Zigarette in der grünen Tonschale aus, die Predotta für mich auf den Gartentisch gestellt hatte. (Angeblich war die Schale das Geschenk eines hohen Regierungsbeamten, der sich das Rauchen abgewöhnt und seine letzte Zigarette in ihr vernichtet hatte. Wahrscheinlich sollte das eine Aufforderung an mich sein.) Meine Gedanken waren mit der Reise beschäftigt. Im Grunde war es keine üble Idee, für ein paar Tage Berlin zu verlassen, loszuziehen mit Geld, das mir nicht gehörte, neue Menschen zu treffen und den Frühsommer in einem anderen Land zu erleben. Beschreibungen von den Flüssen Polens tauchten in mir auf, die ich vor Jahren einmal aus dem Englischen übersetzt hatte. Darin hatte es so melodische Wörter wie *lichtgelbe Flusswiesen*, *Hügelland, Königsfurt, Wawelburg, Waldrevolution, Kanonendampf, italienisch anmutender Osten* gegeben. Aber das war ein Text aus dem achtzehnten Jahrhundert, und ich stand am Ende eines anderen, reichlich chaotischen Jahrhunderts in Predottas Garten und wusste nicht, ob meine lebhafte Aufbruchsstimmung nicht nur diesen nächtlichen Erinnerungen an Wörter zu verdanken war.

Ich ging wieder ins Haus. Plötzlich verspürte ich eine unbändige Lust, Annas Körper zu berühren, sie davon abzuhalten, das Angebot aus den Staaten anzunehmen. Doch dann fiel mir ein, dass sie bereits zugesagt hatte. In dieser Nacht liebten wir uns, ohne zu reden oder irgendwelche Zeichen zu geben, mit diesem sonderbaren Zeitempfinden, das den zurückliegenden Tag in eine große weiße Fläche verwandelt.

Am Morgen hörte ich, wie Samuel aus seinem Zimmer kam und die Treppen hinunterlief, ein selbstbewusstes Geräusch von schnellen Schritten. Ich drehte mich zu Anna um und flüsterte ihr zu, dass ich nach Krakau fahren werde.

4.

Ich war früh aufgestanden, um mir eine Badewanne einzulassen und noch eine Stunde am Manuskript zu arbeiten. Die Sekretärin des ehemaligen Staatsratsvorsitzenden fütterte noch im Nachthemd Tauben mit Zwieback, den sie auf dem Fensterbrett zerbröselte. Auf der Straße lag ein nebliges Frühlicht, durch das sich warm die Sonne ankündigte.

Ich ging, das Badetuch um die Hüften geschlungen, in die Küche, kochte mir Kaffee und stellte mich mit einer Zigarette ans Fenster, um die Wolkendecke zu betrachten, die draußen langsam aufzureißen begann. Im Grunde durfte ich keinen einzigen Tag versäumen, um mit meiner Arbeit voranzukommen. Die Krakaureise erschien mir nun als reine Unvernunft. Auf dem Computerbildschirm flimmerten die Sätze: *... wenn ich etwas falsch mache, wird mir das Tagebuch helfen, mich eines Besseren zu besinnen. Ich werde darin meine Gedanken über verschiedene Themen zu verschiedenen Zeiten niederschreiben – die Launen, die mich packen, und die Höhenflüge meiner ausschweifenden Phantasie.*

Es war erschreckend wenig, was ich an diesem Morgen geschafft hatte. Statt zu übersetzen hatte ich am

Fenster gelehnt, mit dem Portugiesen geplaudert, der seit zwei Jahren neben mir wohnte und ein herrlich verqueres Deutsch sprach (»Spielst du den nackte Mensch im Fenster?«), und hatte die Nudeln aufgewärmt, die noch von meinem Nachtessen übrig waren. Auf Predottas Vorschlag einzugehen war einfach Leichtsinn. Ich kannte den Jungen überhaupt nicht. Abgesehen von seinen Eigentümlichkeiten hatte ich keine Vorstellung von seinem Wesen und seinen Vorlieben. Vielleicht würde er spätestens nach einer Stunde im Zug unruhig werden, umfallen und wir würden irgendwo in der Provinz aussteigen, in Predottas Villa zurückkehren und ich könnte mit der U-Bahn zu mir fahren, ohne schlechtes Gewissen in meine Cafébar gehen, die Zeitung lesen und wieder arbeiten.

Widerwillig steckte ich meine Mappe mit den Bleistiftübertragungen in die Tasche, schaltete den Computer aus und zündete mir eine weitere Zigarette an. Warum hatte sich der Junge an dem Morgen nach dem Fischessen nur so auffällig höflich benommen und gesagt: »Am Montag beginnen die Ferien, da könnten wir losfahren«? Beim besten Willen war nicht zu begreifen, woher sein Sinneswandel rührte.

Um neun Uhr klingelte es. Anna brachte den Jungen. Sie trug einen beigefarbenen Mantel. Ihre Haare hatte sie zu einem Zopf zusammengebunden. Langsam kamen sie die Treppen herauf. Der Junge hatte die blaue Jacke an. Sein Gesichtsausdruck war jedoch freundlicher als sonst. Wenn sein Gesicht gelöster war, sah man, dass es durchaus etwas von der Schönheit der Mutter hatte. Die Augen waren auffällig groß mit schmalen, schwarzen Augenbrauen darüber. Seine

Haut war blässlich im Unterschied zu der von Anna. Wenn er lachte, was meistens nur ein kurzes Lachen war, konnte er eine erstaunliche Lebendigkeit in seinen Gesichtszügen entfalten. Seine Wangen zitterten dann vor Kraft, die Nase kräuselte sich etwas und seine weißen Zähne zeigte er mit dem Selbstbewusstsein eines Erwachsenen, der seine Wirkung bestens einzuschätzen weiß. An diesem Morgen stand er neben Anna, seinen Rucksack auf dem Rücken und sah mich erwartungsvoll an.

Anna umarmte mich und sagte, sie sei nicht glücklich über diese Lösung. Diesen Satz hatte sie seit dem Fischessen bei Predotta schon mehrmals gesagt. Ich antwortete ihr, die Entscheidung sei richtig; sie solle sich keine Sorgen machen. Anna zog aus ihrer Tasche einen Umschlag. Ich erkannte sofort Predottas Handschrift darauf. Er hatte meinen Namen mit winzigen, sauberen Tintenbuchstaben hingeschrieben und darunter eine Linie gezogen, als sei sie ein waagerechtes Ausrufezeichen.

In dem Umschlag befand sich eine Kreditkarte, ein Scheck und ein Zettel, auf dem Predotta die Details festgehalten hatte. Ich überflog den Zettel und fing die Wendung »unbegrenzte Verfügung« auf. Einen Moment lang schoss mir der Gedanke durch den Kopf, mit der Kreditkarte ein Auto zu kaufen und Predotta damit zu konfrontieren, dass ich dazu in der Lage sei, eine Aussage samt ihren Konsequenzen ernst zu nehmen. Plötzlich hörte ich aus dem Nebenzimmer Geräusche.

Samuel war auf den Stuhl vor meinem Bücherregal geklettert und versuchte aus der oberen Reihe einen Westermann-Band mit alten Sternenkarten herauszuziehen. Er hantierte mit seinen kurzen Armen so lange umständlich an den Buchrücken herum, bis sich ein Teil der Bücher in der oberen Reihe löste und mit rasch aufeinanderfolgenden Schlägen auf den Boden fiel. Er stieg vom Stuhl, griff nach dem Westermann-Band, setzte sich auf den Boden und blätterte darin.

Während Anna mir noch Ratschläge gab, was ich unbedingt beachten sollte, sah ich hinüber, wie Samuel zwischen den Büchern hockte, neugierig mit den Fingern über eine Seite streichend, ähnlich wie in der Buchhandlung. Offenbar hatte er etwas Spezielles gesucht und es auch gefunden. Er musste glauben, dass ich ihn nicht bemerkte, denn ohne aufzusehen riss er langsam eine Seite aus dem Buch heraus. Das Herausreißen verursachte kaum ein Geräusch. Er faltete die Seite sorgsam zusammen und steckte sie ein. Dann blätterte er weiter. Ich war erstaunt, wie wenig mich dieser Vorgang ärgerte. In mir hatte sich schon ein Einverständnis gebildet, das den Merkwürdigkeiten des Jungen wie einer Spur folgte, ohne Witterung, lediglich mit der Aufmerksamkeit der Neugierde.

»Hörst du mir eigentlich zu?«

Anna lächelte nervös.

»Weißt du, ich habe immer noch ein schlechtes Gefühl, dass ich fahre. Ich verstehe überhaupt nicht mehr, warum es mir so wichtig war, das Angebot anzunehmen. Meine ganze Vorfreude ist verschwunden. Verstehst du das?«

Sie legte den Mantel über meinen Schreibtischstuhl und sah nach draußen.

Ich umarmte sie und log, dass ich große Lust hätte zu reisen.

Sie löste sich aus meiner Umarmung.

»Ich will nicht, dass du nur wegen des Jungen fährst. Du musst es auch für dich tun. Versprich mir das, ja? Wenn ich weiß, du hast Freude an dieser Reise, dann fällt es mir leichter, weg zu sein. Außerdem hoffe ich, dass Samuel in Krakau entdecken wird, was Realität und was Träume sind. Es ist doch merkwürdig, die vielen Briefe, die er an den polnischen Schriftsteller geschrieben hat, für die er immer nur Briefmarken will, die ich aber nicht lesen darf, seine Weltraumphantasien, die Stunden, die er allein in seinem Zimmer verbringt. Wenn ich ihn nur etwas besser verstünde, mir ist er manchmal so fremd.«

Es erstaunte mich, wie distanziert Anna den Phantasien ihres Kindes gegenüberstand.

»Ich verstehe leider genauso wenig davon.«

»Natürlich, ich weiß. Nur wüsste ich niemand Besseren als dich, den ich ihm zur Seite wünsche.«

»Ist das jetzt eine Liebeserklärung?«

»Du machst dich schon wieder über mich lustig.«

»Es wird schon gutgehen.«

Warum sprachen wir so wenig über die Zeit nach ihrer Rückkehr? Ich fürchtete, zwischen uns könnte sich unmerklich etwas verändern. Vorsichtig öffnete ich einen Knopf von Annas Bluse und legte meine Hand auf ihre warme, leicht feuchte Haut. Sie schüttelte hastig lächelnd den Kopf, griff nach meiner Hand, »Nicht hier«, und sah mich irritiert an.

Im Nebenzimmer hob der Junge die am Boden liegenden Bücher auf, kletterte auf den Stuhl und stellte sie wieder an ihren Platz zurück. Er wirkte nicht mehr unbeholfen; mühelos kramte er in dem Bücherregal herum. Er plant etwas, dachte ich.

Zugleich erinnerte ich mich an das perfekt vollzogene Herausreißen der Buchseite aus dem Westermann-Band.

5.

Die Scheiben des Abteils zeigten frische Regenspuren. Die Vorhänge waren aus einem festen grünen Stoff genäht. Von draußen drang warmes Licht in das Abteil.

»Willst du die Jacke nicht ausziehen?«

»Nein, sonst wird mir kalt.«

»Aber das Abteil ist beheizt.«

»Mir wird schnell kalt. Und wenn ich anfange zu frieren, wird es schlimm. Dann werde ich krank.«

»Davon hat mir Anna gar nichts erzählt, dass du so empfindlich bist.«

»Ist aber so.«

Er drehte den Kopf zur Seite und sah aus dem Fenster. Draußen zogen die großen Industriesiedlungen am Rande Berlins vorbei. Die Martinskirche mit ihrem schlanken backsteinfarbenen Turm, der inmitten der zerfallenden Fabrikanlagen wie ein funktionsloser Keil stand, glitt vorüber, dann die Gartenanlagen mit ihren hellgrün gestrichenen Häusern, darunter die brachliegenden Grundstücke, die wildwuchernden Gräser und Sträucher, die bis an den Bahndamm hochwuchsen. Wenig später tauchte die Augenklinik auf. Ein zweistöckiges, wie eine Kaserne in die Länge gezogenes Gebäude, in dem meine Großmutter während des Krieges als Diakonisse gearbeitet hatte. Die Zufahrtsstraße zur Klinik mit ihren hohen Bäumen war zu sehen. Die prächtigen Kronen schaukelten in der vorstädtischen Welt wie nutzlose Bojen. Auf dieser Straße waren während des Krieges angeblich die blinden Patienten nach einer Bombardierung entlanggetorkelt. Jedenfalls hatte das meine Großmutter, der man nicht alles glauben konnte, erzählt.

Ich spielte einen Moment lang mit dem Gedanken, Samuel etwas über die Klinik, die Straße und die hilflos stolpernden Blinden zu erzählen, aber er hatte sich wie ein Tier in einem unterirdischen Bau in seine Ecke gedrückt und den Kopf an die Scheibe gelehnt. Sein Blick war ins Unbestimmte gerichtet und schien nichts zu sehen. Er hatte die oberen Knöpfe seiner Jacke geöffnet, so dass ein wenig von seinem Hals hervorlugte. Sein Gesichtsausdruck wirkte gelöst und ohne jede Anspannung. Die Stadt hinter uns lassend, war er augenscheinlich bereit, sich dem Unvorhersehbaren dieser Reise hinzugeben.

Um Mitternacht würden wir laut Zugplan in Krakau ankommen. Predotta hatte ein besseres Hotelzimmer in der Altstadt reserviert. Dann hatte er mir noch eine Telefonnummer aufgeschrieben, die mir weiterhelfen sollte, eine »Audienz« (Er verwendete wirklich dieses Wort!) bei dem »schwierigen Alten« zu erhalten, von dem ich kein einziges seiner Weltraumbücher gelesen hatte. Woher wusste Predotta, dass der Mann »schwierig« war? Dass ich mit dem Jungen gemeinsam in einem Zimmer schlafen sollte, empfand ich wie eine Einmischung Predottas, ein listiges Arrangement der Abhängigkeit, in die ich durch meine Zustimmung geraten war.

Samuel beugte sich nach vorn und zog aus seinem Rucksack ein Buch. Ich musste nicht lange raten, wer es geschrieben hatte. Als er es aufschlug, sah ich, dass er als Lesezeichen die säuberlich zusammengefaltete Seite verwendete, die er aus dem Buch aus meiner Bibliothek herausgerissen hatte. Ohne Scheu oder gar Scham legte er sie neben sich und begann sich in das Buch zu vertiefen.

»Woher hast du denn das Lesezeichen?«

Samuel sah kurz auf und wurde rot. Dann lächelte er zaghaft.

»Du hast es gesehen?«

»Du wolltest doch, dass ich es sehe, sonst würdest du doch jetzt nicht die Seite neben dich legen.«

»Ich hatte gedacht, es sei dir nicht aufgefallen. Du warst mit meiner Mutter beschäftigt. Es tut mir leid, aber ich brauche diese Seite dringend. Der Rest des Buches ist ohnehin nicht viel wert, aber hier ist ein wichtiger Ort zu sehen, der in diesem Buch erwähnt wird, und daher brauchte ich das Bild.«

»Ah, und wie wäre es mit der Idee gewesen, mich zu fragen?«

»Ich wollte nicht stören. Ich brauchte außerdem nur diese Seite.«

»So einfach ist das.«

»Es tut mir leid. Wenn du willst, gebe ich dir Geld für das Buch.«

»Du meinst, das Geld deiner Mutter oder deines Großvaters.«

Samuel tat so, als sei die Sache nun für ihn erledigt, und widmete sich wieder seinem Buch.

»Ich begreife nicht, warum ein Junge in deinem Alter

sich so kurios benimmt. Das Geraune von wichtigen Orten, die Briefe an den Polen, das Seitenrausreißen? Ich verstehe es nicht.«

»Das brauchst du auch nicht.«

Der Junge stand ruhig auf, als merkte er nicht, wie abweisend er mit mir sprach, und ging hinaus auf den Gang. Er stellte sich an das Fenster und verschränkte die Arme vor der Brust. Erstaunt über meine Erregung, folgte ich ihm.

»Ich würde es aber gern verstehen.«

Samuel drückte die Stirn an die Scheibe, dann drehte er sich zu mir um. Draußen zogen die letzten Ausläufer der Vororte vorüber.

»Meine Mutter hat gesagt, du hast keine Lust, nach Krakau zu fahren.«

»Das stimmt nicht.«

»Wir werden ihn sowieso nicht sehen.«

Ich brauchte einen Augenblick, ehe ich begriff, dass er den polnischen Schriftsteller meinte. (Ein solches *ihn* kannte ich nur von Menschen, die ehrfürchtig über einen Heiligen sprachen.)

»Doch, das werden wir.«

Ich erschrak über meinen Satz. Wie konnte ich mir sicher sein? Aus unerklärlichen Gründen wollte ich dem Jungen beweisen, dass für mich nicht alles an dieser Reise aus merkwürdigen Momenten bestand. Er sah mich skeptisch an. Zugleich schien er beeindruckt von der Unumstößlichkeit meiner Behauptung zu sein. Ich zündete mir eine Zigarette an und sah auf die hellen, rasch wechselnden Straßenzüge in den neuen Vierteln am Stadtrand.

Der alte Schriftsteller, dachte ich, musste weit über

achtzig Jahre alt sein. In jedem Reiseführer war sein Name und sein großer Ruhm vermerkt. Welche Verbindungen bestanden zwischen ihm und Annas Vater? Kannten sie sich etwa aus Kinderzeiten? Predotta hatte so getan, als ob das Zustandekommen des Treffens kein Problem darstellen würde. (»Sprich deutsch und sage einfach, Predotta habe dir die Telefonnummer gegeben.«) Und überhaupt, wie würde es sein, mit diesem seltsamen Jungen im Hause eines Schriftstellers zu sitzen, mit dem ich mich nicht über sein Werk unterhalten konnte? Was sollte ich sagen, welchen Peinlichkeiten wäre ich ausgesetzt? Sollte ich davon erzählen, dass der Junge eines meiner Bücher lädiert hatte, um ein Lesezeichen für einen seiner Romane zu haben? Und würde, sobald der Junge merkte, dass in der Welt der Erwachsenen Peinlichkeiten zu leiser, zermalmender Aggression werden können, einer seiner dramatischen Anfälle folgen, ein Vornüberstürzen und gekrümmtes Liegenbleiben?

Ich wagte nicht, mir weitere Einzelheiten vorzustellen. Ich setzte mich wieder in das Abteil, holte die Boswell-Ausgabe samt dem Übertragungsheft hervor und versuchte, mich auf die Worte zu konzentrieren. Als sich die Abteiltür öffnete und Samuel eintrat, hatte er die Jacke über den Arm gelegt. Er setzte sich mir gegenüber, faltete die ausgerissene Buchseite auf, betrachtete sie eingehend und sagte: »Ja, wir werden ihn sehen.«

6.

Stand auf und frühstückte. Bekam eine Karte mit einer Einladung ins House of Lords. Ging hin und hörte, wie der König seine Rede hielt. Eine offizielle Szene: Ich sah den König von Großbritannien auf seinem Thron sitzen mit der Krone auf dem Kopf. Seine Majestät ist der beste Redner, den ich je gehört habe; er sprach mit Würde, Feingefühl und Gewandtheit. Ich bewunderte ihn und hätte gerne seine Bekanntschaft gemacht

Plötzlich ging ein starker Ruck durch den Zug, und der Bleistift fiel mir samt dem Buch und meinem Heft aus der Hand. Ich hatte gerade eben das Wort »gemacht« geschrieben, aber noch keinen Punkt gesetzt. Noch war Boswell in London, schlecht schlafend, in Gedanken mit Frauen beschäftigt und innerlich erfüllt vom Besuch beim König. Ich hatte in der letzten halben Stunde drei Einträge übersetzt, während Samuel schlief, die Jacke hinter seinen Kopf geschoben. Vom Gang draußen hörte man Lärm, Stimmen. Samuel war aufgewacht und trat auf den Gang hinaus. Es hieß, etwas sei auf die Schienen gestürzt. Ein Mann mit langen Haaren, rotem Pullover und einer lauten, auffälligen Stimme kam im Gang auf uns zu, offensichtlich unterwegs zu einem der anderen Waggons.

»Da haben wir es wieder. Kaum geht man ein Bier trinken, schon passiert etwas. Entweder wird man beklaut oder der Zug entgleist oder die Selbstmörder halten den Laden auf. Es ist immer dasselbe. Das liegt an der Strecke. Vor Dresden kann man damit rechnen, dass so ein Mist passiert.«

Ausgerechnet bei unserem Abteil blieb der Mann stehen. Samuel schien von seiner Sprechweise fasziniert zu sein. Als ich Samuel bei der Schulter fasste, um ihn aus einer unbestimmten Sorge heraus in das Abteil zurückzuziehen, schüttelte er mich ab.

»Jan.«

Der Mann, dessen Augen einen leichten Zwinkertick hatten (die Augen zuckten ab und zu wie von kurzen Reizen durchpulst), reichte mir grinsend seine Hand. Ich verstand nicht, was er wollte.

»Mein Name ist Jan. Ich fasse es nicht. Wieder eine Verzögerung. Habt ihr mal eine Zigarette? Wie heißt du eigentlich?«

Der Junge war wie verwandelt. Neugierig stellte er sich dem schlaksigen Mann gegenüber und streckte ihm die Hand entgegen.

»Samuel.«

»Samuel. Das klingt jüdisch. Ein guter jüdischer Name.«

Er lachte, lehnte sich gegen die Abteiltür und nickte mit dem Kopf, als würde er sich selbst zustimmen.

Durch das Gangfenster sah man auf ein Wiesengelände. Wie ein Sprühen zog das Licht über die Ebene.

Ich fragte mich, wie lange nun das Gerede des Mannes dauern würde. Ich war mir nicht sicher, ob er betrunken oder einfach nur aufgeregt war. Beides hätte mich weiter nicht gestört, da ich mir vorgenommen hatte, alle Ereignisse dieser Reise mit unbedingter Gelassenheit entgegenzunehmen, aber die Unbefangenheit des Jungen störte mich. Plötzlich wurde durchgegeben, ein Unfall sei der Grund für den Stopp. Es gab keine genauen Angaben von Gründen. Der Zug fahre, sobald die Strecke wieder frei sei, weiter nach Dresden.

Das hieß, dachte ich, die Reise würde sich verzögern. Den Anschlusszug nach Krakau am selben Tag würden wir verpassen. Wir würden uns in Dresden ein Hotel nehmen müssen, ich konnte auf Predottas Rechnung eine Flasche Wein in der Hotelbar trinken, und morgen würde es mit einem anderen Zug weitergehen. Ich dachte an Anna, die noch nicht in die Staaten abgeflogen war, und an das Muttermal auf ihrer Brust. Mich überfiel ein Gefühl von Glück, das wie ein Rausch durch meinen Körper ging.

Der Schaffner ging draußen am Zug entlang nach vorne. Links von uns stand die Waggontür offen. Jan nahm den Jungen bei der Hand; sie gingen in Richtung der Tür.

»Wir werden uns mal anschauen, wo wir hier gelandet sind.«

»Augenblick mal.«

Jan kletterte nach draußen. Ringsum lagen Wiesen, durchschnitten von Zäunen. In der Ferne sah man niedrige Speichersilos mit blitzenden Dächern. Die Luft war angenehm warm und von einem feinen feuchten Dunstfilm durchzogen. Ehe ich ihn erreicht hatte, war Samuel Jan hinterhergeschlüpft. Ich trat auf den Ausstieg und sah, wie die beiden ein Stück an dem Waggon hinter dem Schaffner her entlangliefen. Mehrmals rief ich Samuels Namen, aber er tat so, als habe er nichts gehört.

Jan krähte vor Vergnügen, während er mit dem Jungen den Bahndamm hinunterkletterte und sich immer weiter von dem Waggon entfernte.

Nun hörte ich, wie der Schaffner weiter vorne brüllte, sie sollten sofort wieder einsteigen. Jan ließ sich davon nicht beeindrucken. Er bückte sich nach irgendwelchen Gräsern. Wieder rief der Schaffner. Seine Stimme schien sich förmlich zu überschlagen.

Die Leute sahen neugierig aus den Fenstern. Ich glaubte mich plötzlich in einem verrückten Traum zu befinden. Was zum Teufel war in den Jungen gefahren, mit dem Wahnsinnigen auf offener Strecke aus dem Zug zu steigen! Die Ruhe, mit der Jan dem Jungen da draußen auf dem Wiesenstück offensichtlich etwas über Pflanzen erklärte, war kaum fassbar. Noch einmal schrie der Schaffner. Jan wandte sich ihm zu, die Hand auf die Schulter Samuels gelegt, schrie etwas zurück und kam wieder zum Waggon geschlendert. Kurz nach ihnen stieg der wütende Schaffner auch wieder ein. Als sich die Tür hinter ihm schloss, ruckte der Zug an.

Jan grinste und sagte: »Mann, der soll sich nicht aufregen. Sieh hier, das ist Rauke. Das ist das Beste, was man zu Fisch servieren kann. Ein Geschmack wie von teuren Nüssen. Ich habe in Dresden ein holländisches Restaurant. Und holländisch heißt bei mir frische Ware.«

Eigentlich wollte ich ihn anfahren, dass er völlig verrückt sei, aber wie er vor mir stand, so selbstverständlich fröhlich die Augen aufreißend und drauflosredend, sank meine Erregung in sich zusammen. Vor allem bewunderte ich, wie er es schaffte, dem Jungen so viel Aufmerksamkeit zu entlocken. Samuel betrachtete fasziniert das grüne Büschel in Jans Händen und ermunterte ihn dadurch noch zu weiteren Ausführungen. Ich zündete mir eine Zigarette an und sah nach draußen. Noch immer zogen Wiesen, Strommasten und Schotterwege, unterbrochen von Getreidesilos und Bauplätzen, vorüber. Auf was hatte ich mich nur eingelassen?

7.

Bis Dresden redete Jan weiter auf Samuel ein. Er erzählte mit lauter Stimme kuriose Geschichten über ein Haus in Dresden, das sein Vater geerbt hatte und das er einmal selbst erben werde. Nun, sagte er, führe er in dem Haus, zusammen mit einem Koch, ein Restaurant. Der Koch, sagte er, sei ein Spezialist für die Zubereitung von Barben, ein komplizierter Mensch, zuweilen sogar jähzornig, aber Barben könne er servieren wie kein anderer.

»Mann, das sind Fische, die riechen, als seien sie unter Wasser gebraten worden. Du kannst gar nicht anders, als wild danach zu sein, wenn du sie einmal gegessen hast.«

Während er sich durch seine langen, zotteligen Haare fuhr, sah der Junge ihn an, als habe er ein brennendes Interesse an solchen albernen Geschichten. Jan schien sich von meiner Zurückhaltung nicht weiter stören zu lassen. Er nickte immerzu in meine Richtung, tätschelte manchmal meinen Arm, grinste und sagte, ich müsse glücklich sein, einen solchen Sohn zu haben.

»Das ist doch großartig, zu zweit auf der Piste. Zwei Generationen auf Reise.«

»Ich bin nicht der Vater.«

»Hey, das macht doch nichts, das macht rein gar nichts. Wer ist heute schon noch wirklich verwandt miteinander? Ich bitte euch, man ist verwandt, wo man Verwandtschaft fühlt, das ist doch die eigentliche Verwandtschaft.«

Er ging mir auf die Nerven. Der Zug schien sich endlos Zeit zu lassen. Wir passierten einen Ort, an dessen Ende eine Koppel mit einem Pferd auftauchte. Es war ein braunes Tier, den Kopf gesenkt haltend, jedoch ohne zu fressen. Im Vorbeifahren sah ich, wie der Wind leicht durch die Mähne des Pferdes fuhr. Ich musste an ein Gedicht denken, in dem Pferde mit Boten der Zeit verglichen wurden. In dem Gedicht kamen die Pferde zu den Häusern der Menschen und offenbarten einen großen Durst, wobei ich vergessen hatte, wonach die Pferde eigentlich durstig waren. Jedenfalls waren die Menschen erschöpft, als die Pferde wieder fortzogen. Es wurde suggeriert, dass sich die Tiere an ihrem Blut satt getrunken hatten. Komischerweise fiel mir das Gedicht ein, weil ich müde und zugleich glücklich war, dass mich die Müdigkeit von dem unaufhörlichen Geschwätz Jans forttrug.

Als ich die Augen aufschlug, sah ich in die große Halle des Dresdner Hauptbahnhofs, in dem der Zug eben zum Stehen kam. Jan saß neben mir, und Samuel war weg. Ich sprang auf, forschte den Gang entlang und entdeckte ihn an der Waggontür, wo er wie ein asiatischer Mönchsjunge in konzentrierter aufrechter Haltung stand und offenbar überlegte, ob er aussteigen sollte. Seinen Rucksack hielt er fest umschlossen in der linken Hand.

»Samuel!«

Der Junge drehte sich um. Sein Blick kam mir seltsam fremd vor, wie er da, die Länge des Ganges bemessend, zu mir hinsah und meine Beunruhigung betrachtete.

8.

»Ihr werdet doch kein Hotel nehmen, so ein Unsinn, ein Hotel. Wir haben auch ein paar Gästezimmer. Da könnt ihr die Nacht bleiben, und morgen nehmt ihr den Frühzug nach Krakau. Das ist doch vernünftig. Ich kann euch sogar Adressen geben. Ich habe gute Freunde in Krakau und Warschau. Auch Deutsche, die holländisch kochen.«

Der Junge sah mich erwartungsvoll an. Ich sagte, mir sei es lieber, wir gingen in ein Hotel, wir hätten Geld genug dabei.

»Das Geld könnt ihr auch im Restaurant ausgeben. Jedenfalls werdet ihr keinen Ort in Dresden finden, an dem es so gutes Essen gibt wie bei uns.«

Das Restaurant befand sich an einem mit jungen Bäumen bepflanzten Platz, unweit der Prager Straße. Gleich daneben prangten die schwarzblauen Tore einer neu eingerichteten Autowerkstatt. Ich hatte ein heruntergekommenes Haus erwartet. Stattdessen kamen wir in ein zweistöckiges, renoviertes Gebäude mit einem fast saalähnlichen Restaurant im Erdgeschoss. Holztische mit weißen Tischdecken und Glasvasen, in denen rote Rosen steckten, waren zu sehen. In der Mitte des Raumes befand sich, wie in einem Schrein, ein Aquarium mit gelben und weißen Fischen, deren Haut wie aus durchsichtigem Pergament gemacht zu sein schien. Die Fische schwammen darin mit ozeanischer Gleichmütigkeit umher. Auf der Stirnwand des Restaurants stand mit großen roten Lettern geschrieben: *Amsterdam, du vermisste Schöne.*

»Ich weiß, die Rosen sind gewagt. Alle Welt glaubt, die Holländer hätten aufgrund ihrer Geschichte ein inniges Verhältnis zu Tulpen. Aber wenn man holländische Küche anbietet, muss man die Leute dazu verführen, jenseits der Erwartungen zu denken.«

Er zeigte uns die Zimmer im oberen Stockwerk. Samuel stellte sich neben eine der Türen und bestand darauf, ein Zimmer für sich allein zu haben. Er sah mich an, als wollte er sagen: Hier beziehe ich mein Reich.

Ich wollte Einwände erheben, doch Jan zog mich weiter.

»Lass ihn. Er soll sich ausruhen.«

Am Tresen des Restaurants rief ich Anna an. Ich sagte ihr, dass es einen Streckenunfall gegeben habe. Ich hätte Bedenken, ob das mit der Reise wirklich eine gute Idee war.

»Anna?«

»Ja.«

»Warum sagst du nichts mehr?«

»Ich verstehe dich. Wie geht es Samuel?«

»Ihm gefällt es natürlich. Er hat, wie man so schön sagt, das Ruder in die Hand genommen. Sogar Freundschaften hat er geschlossen. Wir sind in einem Restaurant gelandet, bei dem Fisch mit an Bahndämmen gepflückter Rauke serviert wird. »

»Das klingt lustig.«

»Ja, findest du? Wie geht es dir?«

»Gut, wirklich. Ich habe alles gepackt.«

Ich merkte an ihrer Stimme, dass ihr Vater bei ihr war. Ich hörte ihn sagen: »Darf ich mal?«

Predotta lobte mich für meinen Entschluss, dem Jungen »einen Herzenswunsch zu erfüllen«. Er sei stolz, dass der Junge mit mir diese Reise machen könne. »Hast du unterwegs arbeiten können? Weißt du, ich beneide dich. Die geistige Fahrt gekoppelt mit der realen ist doch eines der interessantesten philosophischen Themen, weil sie die stete Veränderung der Wahrnehmung ausdrückt. Man kann sich im Grunde mit nichts richtig verbinden. Ist das nicht auch ein Wesenszug bei Boswell?«

Jan ging am Tresen vorüber, nickte mir freundlich zu und stellte einen Schnaps vor mich hin.

»Bis jetzt bin ich kaum zum Arbeiten gekommen. Ich habe kein gutes Gefühl bei der ganzen Reise.«

Predotta schwieg einen Moment, dann sagte er, seine Stimme zu einem Murmeln absenkend:

»Wo ist der Junge jetzt?«

»Er schläft in seinem Zimmer.«

»Sag ihm bitte, dass er, sobald er ausgeschlafen hat, bei uns anrufen soll.«

»Ich möchte gern noch einmal mit Anna reden.«

Annas Stimme passte sich der ihres Vaters an. Wie leise sie mit mir sprach, so leise und entfernt, dass ich glaubte, sie sei bereits in einem anderen Land. Ich sagte ihr, dass ich wünschte, wir hätten diese Fahrt gemeinsam angetreten. Dabei stellte ich mir vor, wie sie den Telefonhörer in der Hand hielt, mit der Schnur zwischen ihren Fingern spielend, wie sie es oft tat, und konnte die Vorstellung nicht loswerden, dass sie währenddessen ihren Vater ansah, diesen Menschen, der offenbar mehr Einfluss auf ihr Leben hatte als irgendjemand sonst.

Nachdem Anna aufgelegt hatte, trank ich den Schnaps und holte meine Zigaretten hervor. Die Tische im Restaurant wurden gedeckt.

Jan stellte sich vor mich und sagte:

»Ärger gehabt?«

»Nein.«

»Sieh mal, der Spruch da, *Amsterdam, du vermisste Schöne*, gefällt meinem Vater nicht. Der würde ihn am liebsten überpinseln, weil er meint, das sei unseriös. Ich sage immer, so ein Restaurant, wie wir es haben, muss sich was einfallen lassen. Ideen sind das A und O. Das interessiert die Leute. Idee und Risiko sind die Wurzeln des Erfolgs. Auf gute Ideen und gute Menschen kannst du hundertprozentig vertrauen. Daran fehlt es dir wahrscheinlich ein bisschen.«

»Die logische Kette ist zu schwer für mich.«

»Du musst dem Jungen einfach vertrauen.«

»Ich weiß nicht.«

Er goss mir noch einmal einen Schnaps ein. Aus der Küche kam nun ein glatzköpfiger Mann gelaufen. Über der rechten Schulter lag ein blaukariertes Küchentuch.

»Ah, das ist Sebastian, mein Koch.«

Sebastian gab mir die Hand. Ich sagte meinen Namen. Er nickte höflich und drückte noch ein wenig fester zu. Er hatte große trockene Hände.

Jan wirkte auf einmal nervös.

»Weißt du, Sebastian, ich habe den Mann hier und seinen Sohn, also seinen Stiefsohn meine ich, zum Barbenessen eingeladen.«

»Heute gibt es keine Barben.«

»Aber wir hatten doch noch welche?«

»Letzte Woche hatten wir noch welche. Du warst ja weg. Es gibt heute keine. Sie stehen auch nicht auf der Karte.«

»Ich habe es aber versprochen.«

Der Glatzköpfige strich sich über das Gesicht.

»Tut mir leid, dann musst du dein Versprechen rückgängig machen.«

»Warum blamierst du mich?«

»Warum versprichst du Sachen, die du nicht einhalten kannst?«

Mir war die Situation peinlich. Ich drehte mich um und sah Samuel in der Tür stehen. Seine schwarzen Haare waren verwirbelt. Er verzog nun seinen Mund zu einem eigentümlichen, fremdartigen Lächeln.

»Ich habe sowieso keinen Hunger auf Fisch«, sagte er und trat zu dem Aquarium. Er strich mit den Händen über die Glasscheibe und schien den Schwimmbewegungen der Fische zu folgen. Sebastian stellte sich neben ihn.

»Soll ich dir mal zeigen, wie man so einen Fisch streicheln kann?«

»Bitte nicht.«

Der Koch griff nun blitzschnell in das Wasser hinein und zog zielsicher einen der weißen Fische mit den zarten, wie aus Papier ausgeschnittenen Flossen heraus, wobei er ihn an der Schwanzflosse festhielt. In Abständen von einigen Sekunden zuckte der Fisch, krümmte sich zusammen und traf mit dem Kopf den Daumennagel Sebastians. Dann hing er wieder, wie von kaum merklichen Stößen durchzuckt, nach unten und behielt den Blick des Meerestieres, das sich nicht schrecken lässt. Samuel hielt das Gesicht starr auf das Glas gerichtet.

An seinen Schultern sah ich jedoch eine kleine Unruhe, die auf komische Weise mit dem Zucken des Fisches korrespondierte.

Ich stürzte hinzu und kam gerade noch rechtzeitig, um ihn wie einen von einer Empore hinuntersegelnden Barockengel aufzufangen. Sein Gesicht war blass, als läge es unter einer brüchigen Puderschicht verborgen. Die Augen hielt er geschlossen, der Atem ging jedoch gleichmäßig.

Wie sehr ich auch davon überzeugt war, dass Samuel von der Streichelvorführung entsetzt war, so wenig war ich mir sicher, ob dieses geschickte Fallen echt war. Sebastian ließ den Fisch schnell wieder in das Aquarium fallen, wo er rasch in den Zonen der hin- und herschwingenden Pflanzen und des körnig aufstiebenden Sandes verschwand.

»Was ist los? Was hat der Junge?!«

»Er ist ein Fallkünstler.«

Jan wimmerte.

»Mein Gott, Sebastian, du bist derart grausam. Du hast den Jungen zu Tode erschreckt.«

»Ich wollte doch nur einen Spaß machen. Das ist alles nur wegen deiner idiotischen Barben.«

Ich war erstaunt, wie leicht der Junge war. Er ließ den Kopf theatralisch nach hinten sinken, die Arme zur Seite gestreckt. Ich bat Jan, die Tür zu öffnen, und trug den Jungen nach oben in sein Zimmer.

Die Dämmerung setzte ein. Durch das Fenster sah man in den Hinterhof; einige Fenster waren erleuchtet. Aus der Küche stieg Lärm von Geschirrklappern empor; die Stimme von Sebastian war zu hören. Irgendwo schepperten Punk-Gitarren. Es roch nach gebratenem Fleisch. Während ich Samuel zudeckte, merkte ich, dass ich unsäglichen Hunger hatte. Jan hatte dem Jungen einen feuchten Waschlappen auf die

Stirn gelegt und flüsterte immer wieder, dass es ihm Leid tue.

Samuels Rucksack stand neben dem Bett. Er hatte nur eines seiner Bücher und sein Taschentuch herausgenommen. Ich blätterte in dem Buch. Auf der Rückseite war das Bild des polnischen Alten zu sehen. Er trug einen Hund auf dem Arm wie eine Katze. Ein freundliches und zugleich skeptisches Lächeln. Mit der sauberen randlosen Brille wirkte er wie ein Naturwissenschaftler. Das stopplige weiße Haar verlieh ihm etwas Burschikoses; die Haltung des Kopfes war die eines Jugendlichen, der erstaunt ist, dass man ihn fotografiert. Was fand der Junge nur an ihm? Ich las den Klappentext des Buches: die Geschichte von Astronauten, die zur Venus unterwegs waren, um dort die Spuren einer erloschenen Zivilisation zu erkunden.

Beim besten Willen hätte ich nicht sagen können, wo sich die Venus im Weltraum befand, da ich nicht mal eine ungefähre Vorstellung vom Weltraum hatte. Einmal hatte uns in der Schule unser Lehrer ein Modell in den Unterricht mitgebracht: Die Erde hing da wie eine Puppe an einem beweglichen Metallsteg. Nicht weit davon entfernt schaukelte, sehr viel größer, die Sonne, und irgendwo gondelte auch eine wie mit dunklem harten Honig bestrichene Kugel, der Mond. Dass sich aus dieser Konstellation die Jahreszeiten ergaben und dass der Mond sogar die Meeresgezeiten verursache, hörte ich, ohne es richtig zu begreifen. Es interessierte mich auch nicht. Im Grunde genoss ich es, ein Idiot in diesen Fragen zu sein. Das Weltall hatte in meiner Vorstellung lange den Rang eines Märchens.

Samuel hielt die Augen geschlossen und drehte sich

umständlich auf die Seite. Ich sah, dass er in dem Buch die Ecken einiger Seiten umgeknickt hatte. Aber ich konnte nichts Besonderes auf diesen Seiten finden.

»Leg es bitte wieder hin. Das ist mein Lieblingsbuch. Ich weiß, dass du es nicht magst.«

Noch immer hielt er die Augen geschlossen. Ich legte das Buch zurück auf den Nachttisch.

»Sag mal, Samuel, findest du es nicht seltsam, dass wir in diesem Haus gelandet sind?«

Ich hatte plötzlich das Bedürfnis, in die Stille hineinzusprechen. Er gab keine Antwort. Das Dämmerlicht sank zu völliger Dunkelheit herab.

»Nun sitzen wir hier bei den beiden Verrückten, die sich offensichtlich gegenseitig hassen. Ich könnte mit niemandem Tag für Tag zusammenarbeiten, den ich nicht ausstehen kann.«

»Sie hassen sich nicht.«

Samuels Stimme klang fest und klar.

»Wie meinst du das?«

Er seufzte.

»Sie sind ein Paar, verstehst du?«

Samuels Gesicht war immer noch blass, aber der Ausdruck seiner Augen verriet mir, dass es ihm besser ging.

»Das glaube ich nicht. Wie kommst du darauf?«

»Ich weiß es eben. Es ist nicht schwer festzustellen. Du musst sie nur genau beobachten.«

»Vielleicht irrst du dich.«

Er lächelte.

Die Tür ging auf. Jan brachte das Essen herein. Steaks mit Salzkartoffeln und Tee. Auf den Tellern lagen kreuzweise drapiert wie Schwerter in einem

Wappen die Raukeblätter. Jan stellte das Tablett auf den Nachttisch.

»Wie geht es dir?«

Jan strich Samuel über die Haare und sagte etwas über seine Freunde in Warschau und deren Restaurant, nannte den Namen eines Platzes, aber ich hörte nicht genau hin. Dann verließ er das Zimmer.

Samuel richtete sich auf, nahm sich einen Teller auf den Schoß und begann das Steak zu essen wie einen Teigfladen mit der Hand.

Ich tat es ihm nach und fragte mich, wann ich das letzte Mal auf diese Art ein Steak gegessen hatte. Samuel biss genüsslich von dem Fleisch ab; seine Mundwinkel glänzten.

»Weißt du, dass man in einem Raumschiff nie so essen kann wie wir hier auf der Erde? So ein Steak würde einfach im Raum schweben.«

»Mag sein.«

»Denk doch mal, was wäre, wenn wir hier keine Schwerkraft hätten. Dein Computer zum Beispiel würde einfach durch den Raum schweben. Sogar die Straßenbahnen würden in der Luft hängen und wie Flugzeuge aussehen. Alle Dinge würden wesentlich einfacher sein.«

»Wir hätten aber auch keinen festen Platz, wenn wir die ganze Zeit durch den Raum schwebten.«

»Morgen werden wir in Polen sein, nicht wahr?«

»Willst du das?«

»In dem Buch, in dem du vorhin geblättert hast, gibt es eine Stelle, wo sich die Astronauten langweilen. Sie sitzen alle in dem Raumschiff und jeder denkt an sein Zuhause. Weißt du, was der polnische Astronaut da tut?«

»Nein. Erzähl.«

»Er schlägt einen Atlas auf und sucht darauf seine Heimatstadt. Er ist tausende Kilometer entfernt in den Tiefen des Weltalls und sucht mit dem Zeigefinger die Stadt, aus der er kommt. Und als er die Stadt Warschau gefunden hat, ist er glücklich.«

»Dann hat er also eine ganz gewöhnliche Karte aufgeschlagen.«

»Das steht da nicht, was es für eine Karte ist, aber ...« – Samuel hielt inne und sah mir direkt in die Augen – »auf der Karte, die ich aus deinem Buch habe, ist die Stadt Warschau genau so verzeichnet, wie ich es mir vorgestellt habe. Schau mal hier.«

Er holte aus seiner Hosentasche die Seite hervor, faltete sie auf, strich sie glatt und deutete auf einen winzigen Punkt.

»Hier ist die Stadt Warschau.«

Es waren keine Namen in die Karte eingetragen, nur einzelne Punkte. Der Junge war sich jedoch sicher, dass dort, wo sein Zeigefinger ruhte, die Stadt Warschau verzeichnet war.

»Und auf der Karte, die ich dir gekauft habe?«

»Ist Warschau auch zu finden. Doch die Karte ist zu groß. Die kann man auf keine Reise mitnehmen.«

Er sagte das in einem Ton des Staunens, als wundere er sich über meine Begriffsstutzigkeit. Dann stellte er den Teller beiseite, ließ sich zurück ins Bett fallen und sagte in die Dunkelheit hinein: »Und mitnehmen können muss man sie doch.«

9.

Am nächsten Morgen war nichts anderes von Bedeutung als die simple Tatsache, dass eine herrliche, kräftige Sonne schien. Wir hatten früh das Haus verlassen und den Zug vom Neustädter Bahnhof genommen.

Draußen waren die letzten Häuser einer kleineren Ortschaft zu sehen. Gärten mit vom Morgenlicht überzogenen Bäumen folgten. Ein Wasserwerk mit einer von Stacheldraht versperrten Brücke, dahinter ein fast ausgetrockneter, von bräunlich grünen Randpfützen umgebener See. Der Zug schoss dicht daran vorbei. Jan und der Koch mochten noch in ihren Betten liegen. Auf die roten Buchstaben *Amsterdam, du vermisste Schöne* musste nun ebenso viel zartes Licht fallen wie auf die dreckigen Rahmen des Abteilfensters, auf die Haare Samuels, der eingehüllt in seiner Jacke schlief.

Ich erhob mich mit dem größten Wohlbehagen vom Bett. Mein gegenwärtiges Leben ist überaus interessant und glücklicherweise auch sehr angenehm geworden. Ich erledige meine Geschäfte mit peinlicher Regelmäßigkeit und Präzision. Um acht Uhr morgens entzündet Molly das Kaminfeuer und richtet mein Wohnzimmer her. Ich lege mich noch eine Weile zurück ins Bett und genieße die Untätigkeit, die, wenn der Geist leicht und heiter ist, besonders wohltut. Dann schlüpfe ich hurtig in meine Beinkleider und betrete das Esszimmer. Ich greife zu einem leichten, unterhaltsamen Buch, frühstücke und lese etwa eine Stunde, Geist und Gaumen gleichermaßen befriedigend. Nach beendetem Frühstück fühle ich mich heiter und beschwingt, ich trete ans Fenster und betrachte das muntere Trei-

ben der vorüberhastenden Menschen, die alle ihren unterschiedlichen Geschäften nachgehen. Ich schreibe mein Tagebuch jetzt in einem besseren Stil. Die Wörter hüpfen mir entgegen wie die Lämmer, und meine Sätze drechsle ich wie der Meister an der Drehbank.

Ich stellte mir meine deutschen Sätze als aufgeblähte zufriedene Schafe vor, die aus den Lämmern des Schotten hervorwuchsen und duldsam in die Gegend glotzten.

Am Mittag erreichten wir die polnische Grenze.

Nach zwei Stunden standen wir im lärmenden Bahnhof von W., in dem die Tauben aufgeregt durch die Halle flatterten.

Der Anschlusszug nach Krakau fuhr erst gegen Abend.

Die Stadt W. erinnerte mich an Budapest; vor Jahren hatte ich einem Freund die Stadt gezeigt. Während unseres Spaziergangs an der Donau war er unvermittelt stehengeblieben und hatte zu mir gesagt, ich besäße die Seele eines Elefanten. Ohne darauf einzugehen, hatte ich ihn in ein kleines Sportstudio geschleppt, wo wir eine Stunde gegen Sandsäcke boxten. Auf dem Weg in das Studio sahen wir Häuser wie jene in W., braune alte Patrizierhäuser, deren Verzierungen etwas Geheimnisvolles und Schattenhaftes besaßen, und dahinter die blockartigen Hochhäuser der sozialistischen Zeit.

Ich fragte Samuel, ob er aufgeregt sei, sich nun in dem Land zu befinden, in dem der von ihm bewunderte Schriftsteller lebe. Doch er war mit etwas anderem beschäftigt und zeigte unvermittelt auf einen Balkon im vierten Stockwerk eines Hochhauses, auf dem ein Fernrohr installiert war.

»Siehst du das dort? Das ist ein Teleskop. Ich glaube, sogar ein ziemlich gutes.«

»Ja, und?«

»In klaren Nächten hat man von dort sicher einen großartigen Blick.«

»Wohin?«

Samuel antwortete nicht, schien ganz versunken in den Anblick des Balkons.

Später liefen wir über den Marktplatz, dessen rötliches Rathaus wie eine in den Jahrhunderten in die Breite gegangene Kirche wirkte. Als ich vor dem Rathaus stand, Turm und Himmel betrachtend, spürte ich, wie Samuel sich hinter meinem Rücken entfernte. Mich überkam wieder das mir im Grunde so fremde Gefühl einer plötzlichen Unruhe. Als ob eine Angst sich in mir ausbreitete, deren Quelle nicht größer als ein Stecknadelkopf war und daher unauffindbar blieb. Wollte er mich beunruhigen?

Als ich mich umdrehte, sah ich gerade noch, wie Samuel eine Apotheke gegenüber dem Rathaus betrat. Es dauerte einen Moment, dann kam er wieder heraus, kräuselte vergnügt die Nase und murmelte verschwörerisch leise:

»Komm.«

In einer Seitenstraße zeigte er mir stolz ein Päckchen Kopfschmerztabletten, das er aus seine Jacke zog.

»Hast du die geklaut?«

Er zuckte mit den Schultern.

»Bist du verrückt? Ich habe von Predotta genügend Geld zur Verfügung, um dir hier alles Mögliche zu kaufen. Weißt du, was das heißt, im Ausland beim Klauen erwischt zu werden? Und wen sie belangen?«

»Reg dich nicht auf. Ich habe sie nicht gestohlen; ich habe selbst ein paar Zloty einstecken.«

Er griff in die Tasche und zeigte mir einige polnische Münzen. Ich wusste nicht, was ich sagen sollte.

In dem Restaurant, in dem wir spät zu Mittag aßen, lachte Samuel, als der Kellner mir statt eines Biers Tee brachte.

»Du hast das viel zu leise gesagt. Ich bin sicher, er versteht Deutsch. Aber du hast genuschelt.«

»Genuschelt?«

Er schnitt gierig die Kartoffeln auseinander, steckte sich große Bissen in den Mund und zerkaute sie genüsslich. Er hielt kurz inne, sah zur Seite, um sich zu vergewissern, dass niemand mithörte, dann sagte er:

»Sag mal, liebst du meine Mutter eigentlich?«

»Natürlich.«

»Ich glaube, sie liebt dich nicht.«

»So, meinst du.«

»Ich weiß nicht. Ist so ein Gefühl.«

»Du weißt nicht einmal, was Liebe ist, meinst aber einschätzen zu können, wo sie fehlt.«

»Ja, richtig.«

Samuel holte aus seiner Tasche das Päckchen mit den Kopfschmerztabletten, öffnete es und teilte einen Streifen ab. Er schob ihn zu mir hin. Ich solle sie nehmen, sie seien auch zur Beruhigung gut.

Als der Zug am Abend aus der Stadt W. herausrollte, dachte ich immer noch an dieses »Ja, richtig«.

Der Junge hatte es wie einen zähen Giftpilz vor mich hingesetzt und ich sollte daran herumkauen. Wieso sagte er soetwas? In die vorbeiziehende Dämmerung blickend, den Kopf an die dunkelbraunen Abteilgardinen gelehnt, dachte ich daran, dass sich der räumliche Abstand zwischen Anna und mir immer mehr vergrößerte. Flog sie gerade über den Wolken, unter sich noch unseren Kontinent? Ich hatte ihre Reisezeiten vergessen.

Ich stellte mir vor, wie sie in dem Flugzeug saß und in ihren Unterlagen blätterte, auf ihrem Bleistift herumkauend. Dann glitten meine Gedanken ab zu dem Muttermal über ihrer Brust, daran, wie wir das letzte Mal miteinander geschlafen hatten. Die Erinnerung an die körperliche Liebe kann manchmal die Quelle von Gefühlen sein, die stärker sind als die realen Berührungen. Als ob der Körper des anderen sich in der Erinnerung in neuer Weise abbildet und auf einen zukommt. Gleichzeitig überfiel mich der Gedanke, dass ich vielleicht nie wieder mit ihr schlafen würde. Der Junge stand wie etwas Fremdes, Unbekanntes zwischen uns.

Wie er dort saß und las, selbstgenügsam in seinen Astronautenkram versunken, schien er mir das Abbild eines kleinen listigen Wesens zu sein, das alle Hilfsmittel einzusetzen wusste, um auf sich aufmerksam zu machen. Wie konnte er behaupten, dass sie mich nicht liebte!

Ich trat auf den schwach beleuchteten Gang hinaus und zündete mir eine Zigarette an. Im Nebenabteil saßen zwei Japaner und spielten Schach. Eine junge Frau mit roten, zu einem Pferdeschwanz zusammengebundenen Haaren sagte immer wieder etwas dazwischen. Offenbar gab sie gute Ratschläge, wie man die Figuren besser setzen könnte. Es war nicht auszumachen, welchen Spieler sie unterstützte.

Ich versuchte in den Nachthimmel hinauszuspähen.

Hinter mir öffnete sich die Abteiltür.

»Erkennst du eines der Sternbilder?«

Samuel redete mich mit ungewohnter Sanftheit an. Er strich sich umständlich ein paar Haarsträhnen aus der Stirn. Ich erwartete, dass er wieder seinen Kopf an die Scheibe drücken würde. Immer noch fühlte ich in mir den Ärger, den der Nachhall seines »Ja, richtig« ausgelöst hatte.

»Wie du schon gesagt hast, verstehe ich nichts davon. Außerdem interessieren mich Sternbilder nicht besonders.«

Ich blies den Rauch in die Luft. Sein Blick war nun der eines gewöhnlichen zwölfjährigen Jungen, der erwartungsvoll einen Erwachsenen anschaut. Und ich hatte weder Lust auf dieses Mienenspiel noch auf die darin aufscheinende Arglosigkeit.

»Man kann sie aber heute Nacht besonders gut sehen.«

»Es ist mir egal. Völlig gleichgültig. Ich will in Ruhe meine Zigarette rauchen, verstehst du?« Mit dem Feuerzeug klackerte ich gegen die Fensterscheibe. Die Frau blickte kurz auf. Samuel wandte sich ab und verschwand im Abteil. Leise zog er die Tür zu. Ich zündete mir am brennenden Ende der alten Zigarette eine neue an und bereute meine Antwort. Andererseits sollte der Junge ruhig merken, was es hieß, verletzt zu werden. Durch die Scheibe sah ich seinen Körper als schmalen Umriss am Fenster sitzen. Er blickte nach draußen, unbeweglich.

Die junge Frau trat auf den Gang und lächelte mich aufmunternd an. Sie war kleiner als ich. Aus der Nähe sah man, dass sie sehr schmale, fast unsichtbare Augenbrauen hatte, was die Intensität ihrer Augen noch stärker hervorhob.

»Kann ich eine Zigarette von Ihnen haben?«

Ich hielt ihr das Päckchen hin.

»Ist das Ihr Sohn?«

»Nein, der Sohn meiner Freundin.«

»Haben Sie mit ihm geschimpft?«

»Sah es so aus?«

»Ich heiße übrigens Lidia.«

Sie sog den Rauch tief ein und sah in das Abteil.

»Ich kenne das. Meine Cousine hat auch einen Jungen in diesem Alter. Sie sind wie kleine Zwerge, die einem richtig Angst machen können. Zwerge mit einem wilden Herzen.«

»Dieses Alter hat etwas Unheimliches an sich. Sie sind die Erste, mit der ich seit Tagen ein Wort darüber wechsle, wissen Sie das?«

Sie ließ Asche zu Boden fallen und sah mich halb freundlich, halb ungläubig an, als wollte ich mich über sie lustig machen.

»Fahren Sie nach Krakau?«

»Ja. Ein paar Tage ins Hotel Bari. Es muss irgendwo in der Altstadt sein. Kennen Sie es?«

»Es ist ein ziemlich kleines Hotel. Dort steigen meistens Ausländer ab. Kein besonderes Haus. Ziemlich überteuert.«

Sie zog das Fenster ein Stück herunter, so dass das Fahrtrauschen zu hören war, und atmete die Luft ein.

»Sie kommen aus Krakau?«

»Ich habe meine Kindheit in einem Dorf in der Nähe der Stadt verbracht. Heute wohne ich in der Stadt, nicht weit entfernt vom Bari. Aber man sollte eigentlich nicht in dieser Stadt leben. Alle Welt sucht in Krakau nach der Vergangenheit, nach toten Verwandten und verlorenen Gegenständen. Das entspricht mir nicht. Wie heißt der Junge eigentlich?«

»Samuel.«

»Ein schöner Name.«

Lidia sprach mit mir, als ob sie ihr Deutsch ausprobieren wollte. Ihre lebhaften Augen waren auf mich gerichtet, als wollte sie erforschen, wie ich ihre Worte aufnahm. Sie hatte eine helle, deutliche Stimme. Wie sie da so in dem Gang stand, ihr Gesicht mir zugewandt in dem schwachen Licht, erinnerte sie mich an die junge Joan Baez.

»Sie sollten ihn nicht länger allein lassen.«

Sie deutete mit dem Kopf zum Abteil.

Ich musste lächeln.

»Sie hören sich an wie eine Kinderpsychologin.«

»Da irren Sie sich.«

Sie gab mir die Hand und bedankte sich für die Zigarette.

Die Japaner blickten vom Schachbrett auf. Sie schienen zufrieden, dass Lidia zu ihnen zurückkehrte. Ich öffnete unsere Abteiltür und spürte, dass mein Ärger einem merkwürdigen Gefühl von Zustimmung gewichen war.

10.

Ich saß am Schreibtisch meines großen, hellen Zimmers im Hotel Bari und war glücklich, in der Nähe dieser prächtigen Stadtdächer und Marktplätze zu sein und zu übersetzen. Es ging zügig voran, als würde ich durch einen vom Frühsommer erwärmten Fluss waten. Ich hatte gut geschlafen und genoss es, allein zu sein.

Samuel war nach unserer Ankunft in der Nacht ruhig durch den nächtlichen Bahnhof gelaufen, den eigenen Beobachtungen hingegeben. Im Taxi war er kaum ansprechbar, er sog die Stadt förmlich in sich auf. Als ich ihn auf ein großes Gebäude mit spitzen, orangefarben erleuchteten Türmen aufmerksam machte, das wie ein aus der Vergangenheit auftauchendes Schloss erschien, hatte er genickt, als sei ihm das Gebäude im selben Moment wie mir aufgefallen. Im Hotel hatte er seinen Rucksack auf die Schlüsseltheke gestellt und auf einem eigenen Zimmer bestanden.

»Junger Mann, es ist aber nur ein Zimmer bestellt worden. Es ist im Übrigen ein großes, schönes Zimmer mit genügend Platz.«

Der Nachtportier sprach geduldig auf den Jungen ein, jedoch ohne Erfolg. Hinter ihm glomm das grünliche Nachtlicht der Wand mit den Schlüsseln. Er zuckte zunächst die Schultern, da sei nichts zu machen, er habe kein Zimmer mehr frei. Ich gab ihm zu verstehen, dass man über den Preis eventuell verhandeln könne. Nach einigen Minuten angestrengten Blätterns in diversen Listen und Augenblicken bedenklichen Kopfschüttelns fand sich schließlich noch ein Zimmer im zweiten Stock.

Wenn ich es auch für einen Fehler hielt, Samuel diesen Wunsch zu erfüllen, war ich erleichtert, als er hinter der Tür verschwand. Gleich darauf öffnete sich die Tür noch einmal, und er fagte:

»Du wirst dein Versprechen halten, oder?«

Ich zögerte einen Augenblick, weil ich nicht gleich wusste, was er meinte. Neben der Tür von Samuels Zimmer hing der Druck eines Renaissancebildes, das

Johannes den Täufer in der Wüste zeigte, hingebreitet wie ein Tier, das geschlachtet werden soll. Das Licht, das auf den Körper des Johannes fiel, schien von einer Quelle außerhalb des Bildes zu kommen. War das so ein Weltraumlicht wie in den Büchern des Alten, den Samuel unbedingt treffen wollte? Ein Licht des Suggestiven, das den Dingen, die auf der Erde waren, den Glanz eines Geheimnisses gab und das im Grunde lediglich aus der ungeheuren Kälte der Materie bestand?

»Ich halte mein Versprechen.«

Zufrieden mit diesem Satz, hatte er schnell die Tür geschlossen.

Ich hatte in meinem Zimmer den Fernseher angestellt, ein Bier aus dem kleinen, hinter einer braunen Täfelung versteckten Kühlschrank herausgeholt und mich aufs Bett gelegt. Ich sah mir eine Weile einen amerikanischen Film an, ohne ihm jedoch folgen zu können, denn alle Originalstimmen, die schwach im Hintergrund zu hören waren, wurden von einem einzigen Sprecher übersetzt. Ob sich die Polen auf diese Weise einen kompletten Film ansahen? Meine Gedanken schweiften ab zu Anna. Vielleicht lag sie nun ebenfalls in einem Hotelbett. Ich wünschte mir, dass sie an mich dachte, dabei ihre Hände in ihren Unterleib vergrub und sich bis zum Höhepunkt streichelte. Je mehr ich mir diese Vorstellung ausmalte, desto mehr erregte sie mich. Dabei lag sie um die Zeit in den Staaten sehr wahrscheinlich in keinem Bett und sicherlich waren auch ihre Gedanken mit anderem beschäftigt.

Später überlegte ich, ob ich noch einmal nach Samuel sehen sollte; vielleicht marschierte er genauso im Zimmer umher wie damals im Schwimmbad hinter dem

Milchglas. Ich hatte ein schlechtes Gewissen, den Jungen sich selbst zu überlassen. Aber dann schlief ich ein mit den diffusen Geräuschen des Fernsehers im Raum, erschöpft und doch zuversichtlich.

Beschließe, ab jetzt ernsthaft zu studieren. Bedenke, dass du weniger Reisender als Student bist. Sei ein liberaler Student. Lerne Zurückhaltung. Behalte deine Melancholie für dich, dann kannst du auch deine Freunde behalten. Bringe das Tagebuch auf den letzten Stand. Sei um zwei Uhr bei Johnson, mache dich um drei reisefertig, packe deine Sachen, sei gefasst und bringe dich in eine gute Stimmung.

Samuel sollte so lange schlafen können, wie er wollte. Gegen halb zehn beschloss ich, die Telefonnummer anzurufen, die Predotta mir gegeben hatte, um etwas über das Treffen mit dem Schriftsteller herauszubekommen.

Als ich zur Rezeption kam, saß Samuel bereits an einem der Tische im Frühstücksraum und zerlegte die Schale eines Eis in lauter kleine Puzzleteile, um sie dann in eigenwilligen Formen wieder zusammenzubasteln. Er nickte mir zu und zeigte ein zaghaftes Lächeln. Er freute sich, ohne Zweifel, und er konnte nur schwer verbergen, wie aufgeregt er war. Durch die Fensterscheiben des Frühstücksraums waren die Fassaden eines prächtigen Toreingangs zu sehen. In so einem Haus, dachte ich, musste der Schriftsteller leben.

»Könnte ich telefonieren?«

Das Mädchen hinter der Theke wies auf eine schmale Kabine am Ende des Ganges, der zur Küche führte. In der Kabine roch es nach Bier und holzig würzigem Aftershave. Ich wählte die Nummer und wartete.

»*Prosche!*«

Aus der Muschel klang die ungeduldige Stimme eines älteren Mannes. Die Verbindung war schlecht. Es knackte und rauschte in der Leitung. Der Aftershave-Geruch legte sich wie ein Film über die Sinnesnerven.

Mir war es peinlich, geradewegs auf Deutsch loszureden. Ich stellte mich vor und sagte, dass Predotta mir die Nummer gegeben habe.

»Ah natürlich, Predotta, ich weiß Bescheid. Ich habe schon gestern auf deinen Anruf gewartet. Hat er dir den Scheck mitgegeben?«

»Ja«, sagte ich und dachte an den Umschlag, den Predotta mir mit der Kreditkarte ausgehändigt hatte.

»Gut, damit du es weißt, ich bin Klima. Alle nennen mich hier nur Klima, also bemühe dich nicht um einen Vornamen. Das brauchst du bei mir nicht. Der Junge will den Alten sehen, und wir werden ihm den Alten zeigen.«

Predottas Name löste bei ihm offenbar den Impuls aus, mich zu duzen.

»Wissen Sie, der Junge ist sehr gespannt. Der Mann, also, ich meine, der Schriftsteller ist ihm äußerst wichtig. Immerhin ist er doch ein weltberühmter Mann, und was soll …«

»Moment mal, einen Schritt nach dem anderen. Predotta hat mich über alles informiert, verstehst du. Über alles. Das ist nicht der erste schwierige Fall, den ich hier erlebt habe, und es wird nicht der letzte sein. Kinder sind bis oben angefüllt mit phantastischem Zeugs, das sie ganz irre macht; das ist noch kein Problem. Schwierig wird es erst bei den Erwachsenen, die diesen Irrsinn nicht loslassen können, die aus dem Gebräu, das sie in ihrem Kopf haben, Lärm machen. Und außerdem, was heißt weltberühmt, mein Gott, Berühmtheit ist heute ein Geschäft wie jedes andere.«

Ich fragte mich, während Klima am Telefon immer weiter zusammenhanglos auf mich einredete, wo der Knoten zwischen ihm und Predotta in diesem für mich undurchschaubaren Netz der Verbindungen war?

Ein abschließendes Schnaufen war in der Leitung zu hören.

»Ich schicke gleich jemanden vorbei, der den Scheck abholt. Meine Agentur wird sich dann um den Rest kümmern. Was hältst du von morgen? Wir könnten das Treffen mit dem Schriftsteller in der Frühe stattfinden lassen. Etwa eine halbe Stunde lang, auf keinen Fall länger. Es gibt da ein Café in der Nähe des Wawel, das Vera. Was meinst du, wie wäre es um neun Uhr?«

Ich war überrascht von der Schnelligkeit, mit der Klima die Begegnung vereinbarte. Offenbar hatte er schon zuvor mit dem Schriftsteller Kontakt aufgenommen.

Durch die Scheibe der Kabine konnte ich auf den Gang sehen, der zur Rezeption führte. Samuels Kopf tauchte auf, seine kurzen Arme, die aus einem hellgrünen Baumwollshirt hervorsahen wie Bestandteile eines fremden Körpers. Samuel bekam von dem Mädchen hinter der Rezeptionstheke einen Stadtplan. Er faltete den Plan auseinander, so dass sein Oberkörper dahinter verschwand.

»Bist du noch dran? Ich habe dich etwas gefragt. Wie ist es nun mit neun Uhr im Vera?«

»Entschuldigen Sie, ja natürlich, um neun Uhr. Das würde passen.«

»Ah, noch etwas. Halte dich unbedingt zurück, ganz gleich, was der Junge sagt. Ich will keine Missverständnisse.«

»Ich weiß nicht, was Sie meinen.«

»Das, was ich gesagt habe. Und hör auf mit der Siezerei.«

Ich verließ die Kabine.

Der Junge sah mir entgegen, den Stadtplan vor sich wie einen großen bunten Flugdrachen. Ich sagte, dass wir *ihn* morgen sehen würden.

Samuel biss sich auf die Lippen, als wollte er seine Freude unterdrücken – oder, was wahrscheinlicher war, seine Angst vor der greifbaren Verwirklichung seines Traums.

11.

Früher mussten sich deine Pläne dem Augenblick anpassen – jetzt verlangst du vom Augenblick, dass er sich deinen Plänen anpasst. Versuche nie, geistreich zu erscheinen, sei ein liebenswerter stattlicher Mann. Zier dich nicht und bekämpfe die Eitelkeit. Sei mäßig und beherrsche dich, auch im Vergnügen. Würden Epiktet oder Johnson sich von anderen Menschen überrumpeln lassen? Nein, sie würden das Beste aus der Situation machen und allen überlegen sein.

Boswell, am 19. Dezember 1763. Da war er in Holland, umgeben von Regen und kalter Bettwäsche. Und ich brachte seine Sätze ins Deutsche in der Stadt Krakau, die einen milden Frühsommer über ihre Plätze warf.

In der Morgendämmerung ging ich durch die Straßen, suchte das Café Vera, betrachtete den von den ersten Sonnenstrahlen beschienenen Wawel, merkte mir Wege und kehrte ins Hotel zurück, um zu warten, bis es halb acht Uhr war und ich Samuel wecken konnte.

12.

Die Gardinen neben den hohen Fenstern im Vera waren vom Zigarettenrauch vergilbt. Ihre verblichene Schwere stand im Widerspruch zu dem Lackglanz der neuen Tische und Stühle. Der Kellner gab mir ein Zeichen, wir sollten nach hinten durchgehen.

Im hinteren Teil verengte sich das Café und führte zu einem Zimmer, in dem sich ein Tisch mit einem Kristallleuchter befand. Auf dem Tisch lag eine mit gelben Blütenmustern verzierte Decke. Seitlich hatte der Raum ein eigenes Fenster.

Samuel war blass; er hielt sich dicht hinter mir, seinen Rucksack trug er in der Hand.

Ich entdeckte den Alten.

Er war also wirklich gekommen! Allerdings glich er nicht ganz der Fotografie auf dem Buchumschlag. Er wirkte gedrungener und energischer als auf dem Bild. Lediglich die kurzen, stoppligen Haare, die randlose Brille und die von Altersflecken bedeckte Schläfe waren unverändert.

Er sog lange an einem Zigarillo und tätschelte den Hund, der unter dem Tisch hervorsah wie einer dieser trägen, zwischen Kannen und Krügen drapierten Hunde auf den Bildern alter italienischer Meister.

Der Schriftsteller stand auf, drückte umständlich den Zigarillo aus und streckte Samuel die Hand entgegen.

»Komm zu mir und setz dich.«

Nervös sagte ich, dass ich mit Klima telefoniert hätte. Bei dem Namen Klima stutzte er einen Moment, als hätte ich etwas Unpassendes geäußert. Dann, sein dickes Jackett zurechtrückend, sagte er betont langsam und mit einer gewissen genussvollen Umständlichkeit:

»Sprechen wir ein wenig auf Deutsch. Ich habe es gelernt zu einer Zeit, da ich es nicht lernen wollte. No, und nun bin ich froh, dass ich es kann.«

Zu meinem Erstaunen war er geradezu jovial, erfüllt von einer großmütigen Freundlichkeit. Predottas Beziehungen schienen ausgezeichnet zu sein; wir wurden behandelt wie Menschen, bei denen jedes Misstrauen überflüssig war.

»Nun zu dir, wie heißt du?«

Der Schriftsteller legte seine Hand auf die Schulter Samuels. Der Junge sah mich verzweifelt an und umklammerte die Griffe seines Rucksacks, so dass seine Knöchel weiß wurden.

»Er heißt Samuel.«

Mir wurde heiß. Warum zum Teufel sagte der Junge nichts, ausgerechnet in dem Moment, den er sich so herbeigewünscht hatte.

»No, Samuel, das ist ein Name! Ein Name aus der Bibel, ein prophetischer Name. Wunderbar. Ich habe etwas übrig für die Propheten. Die Menschen jagen sie in die Wüste, sie werfen ihnen Steine an den Kopf, und der liebe Gott setzt ihnen auch noch zu, weil sie keine Lust haben, mit diesen verstockten Kameraden auch nur eine Stunde länger als nötig dieselbe Luft einzuatmen. Der liebe Gott sagt, auf geht's, zurück mit euch in die Städte zu den vertrottelten Brüdern und Schwestern. Gewiss kein schönes Schicksal, aber ein wichtiges.«

Der Kellner trat dicht an den Tisch heran. Leise, als ob niemand hören dürfe, was an dem Tisch bestellt wurde, nahm er die Wünsche auf. Ich bestellte einen doppelten Espresso. Der Schriftsteller ließ noch einmal Tee kommen. Samuel sah mich an, und ich konnte an seinem Blick erkennen, dass er am liebsten auf der Stelle gegangen wäre. Der Hund hatte sich nun an seine Beine gelegt und wartete offensichtlich darauf, gestreichelt zu werden.

»Für den Jungen einen Saft bitte.«

Der Kellner wandte sich um und zog hinter uns einen dicken Vorhang zu, den ich beim Eintreten nicht bemerkt hatte. Das Zimmer, von dem aus man die breit im Morgenlicht sich auftürmende Königsburg betrachten konnte, glich nun einer geheimnisvollen Kammer, in der wir eingeschlossen saßen.

»Samuel, du hast doch etwas mitgebracht? Willst du es nicht zeigen?«

Er schüttelte, immer noch zu Boden blickend, den Kopf.

Der Schriftsteller sah mich an, nickte mir beruhigend zu und sagte: »Nun bin ich aber neugierig geworden, was du da in deiner Tasche hast.«

Samuel ließ zögernd die Rucksackgriffe los, zog den Reißverschluss auf und holte eines der Bücher des Alten hervor. Der Schriftsteller nahm es in die Hand, griff in die Innentasche seines Jacketts und zog einen dunkelblauen Kugelschreiber hervor. Er setzte seine Brille ab und legte sie auf die Tischplatte. »Ein Buch ist doch wirklich etwas Kostbares, wenn man es ernst nimmt. Das Buch ist das Entscheidende, nicht der Autor. Dein Großvater, der alte Predotta, und ich sind uns in diesem Punkt vollkommen einig.«

Bei dem Namen Predotta war Samuel aufmerksam geworden. Er beobachtete angestrengt, wie sich der Schriftsteller über das Buch beugte und seinen Namen auf die erste Seite schrieb. Der Kugelschreiber machte ein zartes Geräusch, das mich an die Kunst Samuels erinnerte, Seiten aus einem Buch herauszureißen.

»Herr Predotta erzählte, ihre Familien würden sich aus der Zeit des Widerstands kennen.«

Ich merkte, wie die Anspannung allmählich von mir abfiel. Der Alte setzte seine Brille wieder auf, schob das Buch zu Samuel, sah nach draußen auf den Platz, wo gerade ein Schwarm Tauben von den Hausdächern aufflog. Er fuhr sich mit der Hand über das Kinn, dann steckte er sich einen neuen Zigarillo an.

Samuel verstaute das Buch rasch in seinem Rucksack und richtete sich wie ein kleiner Buddha auf, der eine große Schweigeperiode begann. Sein Gesicht schien jenes Zittern vorzubereiten, an das sich meist sein undurchschaubares Fallen anschloss. Mich beruhigte, dass Samuel nun mit einer Hand vorsichtig über den Kopf des Hundes strich. Ich hoffte, das Tier würde die Kraft haben, ihn von seinem Vorhaben abzuhalten.

»Ja, wir kennen uns aus dem Widerstand. Als hier noch die Deutschen in Uniform durch die Straßen spazierten, die Juden aus den Häusern schleppten und die eigenen Ehefrauen mit dem geklauten Schmuck behängten. Predotta war das Kind eines Apothekers, der hier mit seiner polnischen Frau lebte. Sie hatten ihren Laden in der Nähe des Marktes, ein großer Laden mit Keramiktöpfen, aus denen es nach Anis und Ammoniak roch. Wir wohnten nicht weit voneinander entfernt, besuchten gemeinsam die Schule. Es war eine gute Zeit, bis die Deutschen ihr wildes Theater aufführten. Meine Eltern wurden abgeholt. Die Predottas schafften es irgendwie durchzukommen. Ich habe ihn damals noch einige Male gesehen. Dann haben wir uns für lange Zeit aus den Augen verloren. Später traf ich ihn auf Tagungen in Westeuropa wieder. Wir sind uns allerdings nicht ganz einig in der Bewertung der alten Zeit. Warum reden wir eigentlich über Predotta? Ich dachte, der Junge wollte ...«

Samuel sah den Schriftsteller nicht an. Der Alte wandte sich nun an ihn.

»Ist schon gut. Du musst nicht reden. Du liest die Bücher lieber. Vielleicht bist du ja auch enttäuscht. Ja, die Realität des Ruhms ist etwas vollkommen Überflüssiges. Das hast du nun gelernt.«

Ich zündete mir eine Zigarette an. Es war kaum zu glauben, dass Predotta mit diesem Mann einen Teil seiner Kindheit verbracht hatte. Warum hatten er und Anna mir davon nichts erzählt?

»Nun, es ist Zeit.«

Der Hund kroch langsam unter dem Tisch hervor, mit dem Schwanz an den Knien Samuels entlangwedelnd. Der Schriftsteller zog sein Jackett zurecht. Wie auf ein verabredetes Zeichen hin wurde der Vorhang aufgezogen und der Kellner brachte den Mantel. Der Alte griff nach der Leine des Hundes und hielt dann einen Moment inne.

»Damals hatte niemand von uns damit gerechnet, dass wir unser Geld einmal mit der verdammten Geschichte verdienen würden. Dein Großvater hat eine richtige Karriere als Historiker gemacht. Mein Gott, was weiß er nicht alles über die dunkle Zeit.«

Samuel blickte zur Seite, als habe der Schriftsteller nicht ihn, sondern mich angesprochen. Mir rutschte der Satz heraus:

»Ich habe gehört, Sie haben kaum über jene Zeit geschrieben.«

Der Schriftsteller sah mich verdutzt an. Einen kurzen Moment lag ein Zug von Hass auf seinem Gesicht. Dann lächelte er.

»Natürlich, Sie haben Recht, ich habe kaum darüber geschrieben. Nur in mir, da gibt es eine ganze Bibliothek der unerzählbaren Zeit.«

13.

Am Nachmittag war Samuel verschwunden.

Ich war mittags losgegangen, um mir eine deutsche Zeitung zu besorgen. Über den Schriftsteller war zwischen uns kein Wort gefallen. Samuel hatte gesagt, er habe keinen Hunger, sich auf sein Zimmer zurückgezogen und die Tür hinter sich geschlossen, als ob sie keinen Ton von sich geben dürfe. Als ich an der Rezeption vorbeilief, überlegte ich, Predotta anzurufen, um ihm von der Begegnung und ihrem Misslingen zu berichten. Ich hatte jedoch keine Lust. Stattdessen ging ich los, kaufte die Zeitung, suchte mir ein Restaurant, bestellte Whisky und aß ein nach Kardamom schmeckendes

Hirschragout. Nun konnte ich die mir neue Stadt ansehen; nichts roch mehr nach Auftrag, Erledigung und Hebammenspiel. Die Sache war vorbei – der Alte hatte Predotta seinen Wunsch erfüllt, Klima hatte sein Geld erhalten, und Samuel war, wie es sich Anna gewünscht hatte, mit dem Geschmack der Wirklichkeit in Berührung gekommen.

Während ich die Zeitungen durchblätterte, dachte ich, dass der Junge mir Leid tat. Wie er da in dem Café gesessen hatte, in seine Sprachlosigkeit versunken und so sonderbar bedrückt. Ich nahm mir vor, mit ihm am Nachmittag etwas zu unternehmen. Einen Wagen wollte ich mieten und raus aus der Stadt fahren. Flüsse sehen, Dörfer und im Licht stehende Bäume. Während ich die enge Kopfsteinpflastergasse zum Hotel ging, kam mir ein Satz Boswells in den Sinn: *Jetzt ist der Zeitpunkt gekommen, wo du dir etwas angewöhnst, was du dein ganzes Leben nicht mehr los wirst.* Ich war der festen Überzeugung, dass in meinem Fall das Reisen diese neue Angewohnheit war.

Als ich an Samuels Tür klopfte, ahnte ich, dass die Situation sich zu drehen begann. Nichts war zu hören. Ich klopfte noch einmal, dann drückte ich die Türklinke herunter. Auf dem Bett lag die herausgerissene Seite aus dem Sternkartenbuch. Der kleine Fernseher lief ohne Ton. Die Kamera fuhr durch eine Schlucht, die mich an den Grand Canyon erinnerte. Eine Sängerin tauchte mit wehendem Haar auf einem Berggipfel auf, breitete ekstatisch die Arme aus. Auf dem Tisch stand ein Glas Wasser. Samuels Sachen waren verschwunden.

Ich durchsuchte das ganze Zimmer, konnte jedoch keine Spur von ihm entdecken. Ich lief zur Rezeption hinunter. Ja, sagte die Frau, vor einer halben Stunde habe der Junge das Hotel verlassen. Sie schob mir einen Zettel hin. Samuel hatte darauf mit Bleistift gekritzelt: »Du kannst zurückfahren. Macht euch über jemand anderen lustig. Suche nicht nach mir. Ist zwecklos.«

Die Sätze erinnerten mich an das Gesicht Samuels im Schwimmbad. Es lag etwas Erwachsenes darin, eine Mischung aus Altklugheit, Überlegenheit und Zorn. Was meinte er überhaupt? Wer war mit »euch« gemeint? Und warum lustig machen? Ich setzte mich auf einen der grünen Couchsessel in der Hotelhalle, zündete mir eine Zigarette an. Es war unmöglich, zur Polizei zu gehen, solange nicht feststand, ob mir Samuel nicht nur einen Schrecken einjagen wollte. Andererseits klangen die Sätze ernst. Ich erinnerte mich daran, wie sich Samuel in W. mit Kopfschmerztabletten versorgt hatte. Es war gut möglich, dass er von Predotta mehr Geld zugesteckt bekommen hatte als ein paar Zlotymünzen. Ich ging in die Kabine am Ende des Ganges und wählte Predottas Nummer in der Universität.

»Hör mir bitte gut zu, ehe du mich irgendetwas fragst, und gib mir eine ehrliche Antwort. Hast du Samuel Geld gegeben?«

»Ja, damit er eine gewisse Unabhängigkeit hat. Er ist alt genug.«

»Wieviel?«

»Keine große Menge.«

»Wieviel?«

»Dreihundert Zloty.«

»Damit kommt der Junge durch halb Polen.«

»Wieso? Wo ist er denn?«

»Verschwunden. Irgendetwas muss ihn in der Begegnung mit dem Schriftsteller völlig durcheinandergebracht haben.«

»Was heißt verschwunden? Hast du ihn allein gelassen?«

»Er ist auf sein Zimmer gegangen, um zu schlafen. Ich war etwas essen. Ich war kaum eine Stunde fort.«

»Dir ist hoffentlich klar, dass du die Verantwortung für ihn trägst. Mein Gott, du weißt doch, dass er eigen ist! Gehe bitte zu Klima in die Agentur, er kennt die ganze Stadt. Er wird wissen, wo man Samuel auftreiben kann. Rufe mich gleich wieder an.«

Die Stimme Predottas dröhnte mir noch im Ohr, als ich zur Hotelbar ging. Ich bestellte ein Bier, trank in schnellen Zügen das Glas aus und hatte das Gefühl, noch nie so ratlos gewesen zu sein.

Du hast dir Blut abzapfen lassen und warst tapfer dabei; dein Blut war dick und schwarz.

14.

Die Scheiben des Agenturbüros waren eng mit farbigen Plakaten beklebt. Reisen nach Warschau, zur Pilgerkirche nach Tschenstochau und zu den Lagermuseen wurden auf Englisch und Deutsch angekündigt. Auf dem Tisch im Eingangsraum stand eine Vase mit weißen Callas, die wie übergroße Muscheln in die Luft starrten.

»Guten Tag. Wo ist Klima?«

Die Frau am Empfang setzte ihre Brille ab und sah mich erschrocken an.

»Warten Sie einen Moment bitte.«

Sie verschwand in einem grell ausgeleuchteten Gang. Ich zündete mir eine Zigarette an. An den Wänden hingen Schwarzweißfotografien: der Kulturpalast in Warschau, darüber ein matter Sommerhimmel, der polnische Papst, einem Kind über den Kopf streichelnd, dann das Bild einer Boje in stürmischen Wellen. Das Surren des Ventilators war zu hören.

Die Frau kam zurück und sagte, Klima sei außer Haus, er werde aber jeden Augenblick zurück sein. Sie vermied es, mich anzusehen, als wäre ich ein stadtbekannter Schmarotzer.

Ich setzte mich ohne zu fragen auf die Ledercouch und blickte nach draußen. Immer noch fiel das Licht sanft in die Straßen. In dem gegenüberliegenden Haus waren die oberen Fenster geöffnet. Die Decken der Wohnungen zeigten ihre Stuckverzierungen als gestochen scharfe Muster.

Wo mochte Samuel jetzt sein? Was hatte ihn dazu gebracht, einfach seine Sachen zu packen und zu verschwinden? In seinem Alter hätte ich mich in einem fremden Land keine drei Schritte aus meiner sicheren Umgebung hinausgewagt. Einmal war ich sechs Wochen zur Kur in Thüringen gewesen. Ich hatte versucht, aus der Anstalt abzuhauen, einen Bus zu finden, der mich zurück in meine Heimatstadt bringen würde. Als ich an der Haltestelle eine Stunde gewartet hatte, den Blick auf die verschneite Straße gerichtet, überfiel mich ein solches Entsetzen vor der Unkenntnis des Ortes und der Situation, dass ich, wütend auf mich selbst, in die Kuranstalt zurückkehrte.

Ich hoffte, Samuel würde schnell zurückkommen. Wo sollte er auch hin? Nur Predottas verdammtes Geld gab mir zu denken. Vielleicht saß der Junge schon in einem Zug, war in irgendeinen Wagen eingestiegen. Vielleicht hockte er aber auch in irgendeinem Winkel dieser Stadt, um seine Macht auszukosten. Ich traute ihm große Zähigkeit zu.

Auf der Straße hielt ein Wagen an, ein schwarzer Opel Kadett. Es war kaum zu fassen: Hinter dem Lenkrad saß der Schriftsteller. Er stieg aus, warf die Wagentüre zu und kam auf die Agentur zu. Auf dem Revers seines eleganten schwarzen Mantels glitzerte eine Anstecknadel. Er öffnete die Tür, entdeckte mich und sagte sofort fast ärgerlich: »Was machst du denn hier? Ich denke, wir haben alles miteinander geklärt.«

Wie ein Riese stand er da mit seinem hochgeschlagenen Mantelkragen. Hinter ihm trottete der Hund in die Agentur, schnupperte kurz an meinem Bein und legte sich dann in einen Korbkasten.

»Sind Sie Klima?«

Er zögerte einen Augenblick, als ob er sich nicht sicher sei, wie meine Frage zu verstehen war.

»Was soll das? Das weißt du doch. Oder willst du behaupten, der Junge hätte etwas gemerkt?«

Ich fühlte einen leichten Schwindel in mir aufsteigen.

»Das heißt also, das Ganze war ein Spiel? Und Predotta wusste davon?«

»Halb und halb. Ich habe ihm gesagt, dass ich versuchen werde, den Alten zu erreichen. Es sei jedoch mehr als unwahrscheinlich. Habt ihr denn wirklich geglaubt, man macht bei dem Schriftsteller einfach einen Besuch mit einem Kind wie in einer Wallfahrtskirche? Ich habe Predotta vorgeschlagen, auf die Möglichkeiten meiner

Agentur zurückzugreifen. Und ich dachte, du wüsstest darüber Bescheid. Der echte Schriftsteller hat doch die Kriegszeit gar nicht in Krakau verbracht. Komm schon, so naiv kannst du nicht sein.«

»Aber der Junge, meinten Sie, war so naiv?«

»Kinder haben in dem Alter nun mal ihre Helden. Das verfliegt auch wieder. Natürlich wäre es für den Jungen schön gewesen, wenn es geklappt hätte. Nun ist es aber so gekommen.«

Klima warf seine Anstecknadel, eine kleine rotweiße Flagge, auf den Tisch und rief der Frau hinter dem Empfangstisch etwas auf Polnisch zu.

»Der Schriftsteller ist im Moment überhaupt nicht in Polen, sondern in den Staaten zu einem Vortrag. Ich habe das erst spät erfahren. Was soll es, der Junge hatte sein Erlebnis. In ein paar Jahren wird er für Musik schwärmen, fürs Kino, für Schauspieler, Sänger oder sonst wen.«

Die Frau brachte ein Tablett mit Kaffee. Ich hatte Kopfschmerzen und bat sie noch um ein Glas Wasser. Was für eine Ironie, dass der echte Schriftsteller ausgerechnet in Amerika war. Ich zündete mir eine Zigarette an und holte aus meiner Tasche die Tabletten hervor, die Samuel mir gegeben hatte.

Hämmernd ging mir die Frage durch den Kopf, ob Anna etwas von diesem Theater wusste oder ob sie sich, wie immer, einfach auf ihren Vater verlassen hatte.

»Der Junge ist weg. Wahrscheinlich weil die Sache für ihn kein Erlebnis war.«

Klima sog tief Luft durch die Nase ein.

»Hier geht niemand verloren. War er noch im Hotel?«

»Ja. Um die Mittagszeit ist er an der Rezeption gesehen worden.«

Klima stand auf und verschwand im Nebenraum. Einen Moment hörte ich, wie er am Telefon laut auf Polnisch mit jemandem redete, ein krachendes, heiseres Reden, hektisches Lachen dazwischen. Dann erschien er wieder und setzte sich hin, als sei nichts vorgefallen. Er verschränkte die Arme hinter dem Kopf, sah an die Decke und schloss die Augen.

»Weißt du, was ich nach dem Treffen im Café getan habe? Ich bin mit einer englischen Reisegruppe zu den Lagern gefahren. Die Engländer sind schreckliche Besserwisser, glaub mir. Unangenehme Leute. Vor ein paar Jahren hatte ich mit Engländern einmal ordentlichen Ärger. Sie haben mir einen Prozess an den Hals hängen wollen, weil sich angeblich der alte Sowa, im Übrigen einer meiner besten Leute, ihnen als ehemaliger Häftling vorgestellt haben soll. Nun gut, Sowa macht ab und zu einen dummen Witz. Vielleicht hat er auch ein bisschen geflunkert, aber nur, weil die Leute scharf darauf sind, originale Opfer zu sehen. Erinnerung ist ein Spiel. Mein Gott, Sowa kann sich besser erinnern als all die realen Zeugen. Sowa war zeit seines Lebens nie eingesperrt gewesen, wenn man mal davon absieht, dass wir während des Kommunismus alle in einem großen Käfig gelebt haben. Trotzdem kann er sehr viel präziser über die Dinge im Lager reden als die ehemaligen Häftlinge. Ich habe in meiner Kartei ein einziges Mal einen originalen Häftling gehabt. Ich kannte ihn seit Kinderzeiten. Unsere Mütter sind immer zusammen in die Synagoge gerannt. Als ich ihn nach fünfzig Jahren in Krakau wiedertraf, ging es ihm nicht besonders. Ich fragte ihn, ob er sich nicht mit den Führungen gutes Geld dazu verdienen wolle. Weißt du, wir dürfen nicht in die Lager hinein mit einer privaten Führung. In den Lagern reden nur die sogenannten Befugten. Was außerhalb geschieht, ist unsere Sache. Na, was soll ich dir sagen? Die Leute waren von meinem Zeitzeugen enttäuscht, wie er da auf dem Busplatz stand und redete. Er war viel zu leise und umständlich. Zudem war er detailversessen. Ich habe ihn so lange beschäftigt, wie er es wollte; ich wusste, was er durchgemacht hatte. Aber im Gegensatz zu ihm hat Sowa die Leute wach gemacht. Mit der richtigen Erinnerung kommst du da nicht weit. Was soll das auch sein, heute, die richtige Erinnerung? Man kann diese Schrecken nicht besuchen. Nun ja, die Engländer sind Sowa Gott weiß wie auf die Schliche gekommen. Die Agentur stand damals kurz vor der Schließung. Seitdem habe ich ein Problem mit diesem Volk.«

»Heißt das, Sie sind heute nach dem Schriftstellerauftritt im Café zu den Lagern gefahren und haben den Häftling gespielt?«

Klima lächelte.

»Du hörst nicht zu. Ich sagte doch, dass ich lediglich Besuchstouren anbiete. Ich werde mich hüten, diesen Leuten irgendetwas vorzugaukeln, woraus sie mir einen Strick drehen könnten. Aber glaub mir, ich spiele nicht mehr als andere, erst recht nicht mehr als all die Halbtagsbetroffenen, die hier ihre Ausflüge buchen.«

»Ich hätte gerne darauf verzichtet, Teil solcher Spiele zu werden. Mag sein, dass die Menschen, die hierherkommen, Ihnen auf den Geist gehen. Jedenfalls ist Ihre Ähnlichkeit mit einer Berühmtheit wirklich verblüffend. Sie verkaufen die Vergangenheit samt dazu passender Maskeraden und machen ihr Geld damit. Aber der Junge hätte ein Recht darauf gehabt, selbst zu entscheiden, ob er ein solches Theater braucht, meinen Sie nicht?«

Klima stand auf und trat an die Fensterscheiben. Immer noch lag die Straße in nachmittäglicher Helligkeit.

»Du bist wirklich naiv. Leute wie du werden gern plötzlich moralisch und lärmen herum. Das ist das eigentlich Unerträgliche. Aber du kannst dich beruhigen, das ist ein allgemeines Phänomen. Pass auf, ich zeige dir etwas.«

Er drehte sich um und gab der Frau mit der Hand ein Zeichen.

»Komm her und sieh dir das Bild an der Wand an. Sag mir, was du darauf erkennst.«

Er deutete auf die Fotografie mit dem Papst. Ich blieb auf der Couch sitzen und trank das restliche Wasser aus. Die Kopfschmerzen pochten weiter in meinem Kopf wie hinter einer Wattedämpfung.

»Was soll die Frage? Ich sehe den Papst, der den Kopf eines Kindes tätschelt.«

»Und ich sehe darauf den Verwaltungsangestellten Marek Satowski, wie er am dritten Jahrestag der Gründung des Bürgervereins in der Stadt Thorun der kleinen Alina Moran, Tochter einer Grundschullehrerin, die Hand auf den Kopf legt, damit ein hübsches Foto fürs Familienalbum entsteht. Satowski ist übrigens einer der meistgebuchten Männer in meiner Kartei.«

Die Frau trat mit einer Mappe zu uns, die Klima ihr aus der Hand nahm.

»Schau, hier drin findest du eine Auswahl meiner besten Leute. Zum Beispiel den Doppelgänger des berühmten Gewerkschaftsvorsitzenden und Friedensnobelpreisträgers. Ein einfacher Mann aus Lublin, der nie Mitglied in der Gewerkschaft war. Er bittet mich immer darum, dass er nur in Ostpolen eingesetzt wird, weil ihn zu lange Reisen krank machen. Sehr schade, denn gerade aus dem Ausland bekomme ich die meisten Anfragen für ihn. Allerdings erzählt er, wenn er den Mund aufmacht, noch mehr Unsinn als das Original. Oder hier die Doppelgängerin der Präsidentenehefrau, ein Naturtalent. Sie spricht sogar wie die Staatsgattin, mittlerweile ohne vorbereiteten Text. Wo sie auftritt, erhält sie mehr Applaus als die reale Person es je erleben wird. Ah, und hier die schöne Marina, eine Studentin aus Warschau. Jeder glaubt, sie sei die Schauspielerin aus Danzig, die man für den Oscar nominiert hat, es ist ein Fest der Verwechslung, nicht wahr? Hier haben wir Bill Gates und Clinton. Und auf dieser Seite siehst du nun Bartek, meinen Fahrer und persönlichen Liebling. Er tritt auf historischen Festen oder bei Veranstaltungen zum Nationalfeiertag als König Jan Sobieski auf; das ist der große Held, der im 17. Jahrhundert den Türken vor Wien eins auf den Schädel gebraten hat. Schau, hat er nicht ein herrlich zerfurchtes Gesicht? Die Stirn, die wuchtigen Lippen und der Bart, entschlossen und wild wie ein Berserker. Du wirst ihn sicher noch kennenlernen, ein Prachtkerl. Jedenfalls siehst du, wie das heutzutage ist mit der Wahrheit. Man muss keine Angst mehr vor ihren Verwandlungen haben wie in den dunklen Zeiten. Nur die Deutschen verstehen diese Freiheit nicht zu genießen. Nun ja, und die Engländer auch nicht immer.«

Die meisten Fotografien, die Klima mir zeigte, waren mit einem Filter aufgenommen worden. Die Gesichter schienen hinter einem Nebel zu schwimmen. Die Assoziationskraft mancher Gesichter war verblüffend. Noch nie zuvor in meinem Leben hatte ich mir Gedanken darüber gemacht, welcher Reiz in dem Spiel mit der Ähnlichkeit lag.

»Stell dir vor, wie lustig es ist, auf der eigenen Geburtstagsparty den amerikanischen Präsidenten zu haben, wie unterhaltsam, den kurzen Schock zu erleben, wenn die Freunde die Tür öffnen und auf so eine unvermutete Gestalt treffen.«

Während des Redens nickte er mir immer zu, als ob er Zustimmung von mir erwartete.

Ich dachte an Samuel. Er durfte einfach die Stadt nicht verlassen haben. Gegen einen inneren Widerstand hatte ich das Gefühl, dass Klima die einzige Möglichkeit war, den Jungen schnell wiederzufinden. Die Vorstellung, bei der polnischen Polizei zu sitzen, der Sprache nicht mächtig und ohne jeden Hinweis auf den möglichen Verbleib des Jungen, machte mich unruhig.

15.

»Geh ins Hotel, ruh dich aus oder sieh dir etwas an. Ich schicke Bartek gegen acht Uhr vorbei. Er wird dich zum Abendessen abholen. Bis dahin wissen wir vielleicht mehr, wo der Junge steckt.«

»Ich kenne den Jungen. Lassen Sie mich mitkommen. Ich kann doch jetzt nicht in der Stadt umherlaufen und mir etwas ansehen.«

»Wir haben in solchen Situationen eine eigene Vorgehensweise. Vertrau mir.«

Klima hielt mir die Tür auf. Ein auffällig geschminkter Mann in langem roten Kleid drückte sich, mit den Absatzschuhen klappernd, an mir vorbei ins Innere. Er warf Klima ein paar Sätze zu und verschwand in den hinteren Räumen. Süßlicher Parfümgeruch wehte hinter ihm her.

»Du siehst, ich habe auch lustigere Veranstaltungen im Programm. Noch etwas. Ruf Predotta nicht an. Das mache ich. Im Grunde hat er uns ja den Ärger eingebrockt.«

Draußen atmete ich die frische Luft ein. Obwohl ich erwartete, dass die Stadt mir fremd wäre, lief ich durch die Straßen mit einem Gefühl seltsamer Vertrautheit. Die sich verzweigenden Gassen erinnerten mich an Nachmittage in Neapel: abblätternde Häuserwände, Hofeingänge, lange, sauber geschnittene Schatten, Satzfetzen vorübergehender Passanten, Bars mit Videoscreens, Radiostimmen.

In der Szewskastraße sah ich auf einer Plakatwand eine Astronautin, im sandfarbenen Staub eines fernen Planeten stehend. Ein Gesicht wie eine Puppe, überzogen mit einer feinen, cremigen Puderschicht. Während hinter der Astronautin das All seine dunkle Unendlichkeit zeigte, blickte sie neugierig auf die Kaffeetasse in ihrer Hand, aus der in aufsteigenden, perlend zerfallenden Schnüren der Kaffee in die Schwerelosigkeit entwich; darunter stand in riesigen blauen Lettern der Name eines italienischen Kaffeeherstellers. Hatte Samuel das Plakat auch gesehen? Ich stellte mir vor, wie er einen seiner kurzen, brüsken Sätze sagte, die Hände in der Jacke vergraben.

Im Hotel sah ich, dass der Schlüssel von Samuels Zimmer am Haken hing. Ich lief den Gang zu dem Zimmer entlang und drückte die Klinke hinunter. Die Tür war verschlossen. Hastig ging ich zur Rezeption zurück und forderte den Schlüssel. Ich beschloss, die Nacht in Samuels Zimmer zu verbringen. Ich legte mich aufs Bett, schaltete den Fernseher ein und sah mir ein Fußballspiel an. Die auf dem Rasen laufenden Männer hatten etwas Beruhigendes. Dazu besänftigte mich der zischende Singsang des Kommentators. Ich schloss die Augen und dachte an Anna. Keinesfalls würde ich sie anrufen. Was sollte ich ihr sagen? Dass ihr Sohn in Krakau spurlos verschwunden war? Dass ich ihren Vater für einen gefühllosen Betrüger hielt? Dass ich zu dämlich war, eine Schmierenkomödie zu durchschauen? Sie würde in Panik verfallen, das nächste Flugzeug nach Polen besteigen, sich für ihr Fortfahren entschuldigen und mit Vorwürfen belasten – mit dem Ergebnis, dass Samuel, wenn er wieder auftauchte, schweigsamer als je zuvor wäre?

Meine Gedanken glitten in eine schwankende, wie von Zuggeräuschen durchpochte Gegend des Bewusstseins ab, in dem es keine Sätze und Bilder mehr gab, sondern nur noch eine weiche, geduldige Schwere.

Ich schrak auf, weil es an der Tür klopfte. Die ältere Frau von der Rezeption sah mich skeptisch an. Mein Hemd stand offen, überhaupt sah ich offenbar merkwürdig aus.

»Unten wartet ein Mann auf Sie. Er meint, er solle Sie abholen.«

»Ja, ist gut. Sagen Sie ihm, ich komme sofort.«

Ich ging ins Bad, ließ kaltes Wasser über die Hände

laufen, wusch mir das Gesicht und verzichtete darauf, in den Spiegel zu sehen. Die Schwere steckte mir in den Gliedern. Vielleicht war es ratsam, im Zimmer zu bleiben, falls Samuel auftauchte. Ich schrieb auf einen Zettel, dass er unter allen Umständen auf mich warten solle. Die Wörter erschienen mir so sinnvoll wie ein Selbstgespräch. Im Fernsehen lief nun ein Tennismatch. Ich ließ die Tür unabgeschlossen und ging hinunter ins Hotelfoyer.

Dort saß in einer mächtigen Lederjacke, filterlose Zigaretten rauchend, Bartek, das Königsdouble. Er verstand kein Wort von dem, was ich sagte. Er legte mir nur immer wieder die Hände auf die Schultern, als wolle er mir kondolieren, bot mir, zustimmend nickend, Zigaretten an und führte mich hinaus zu seinem Wagen.

Über der Stadt spannte sich groß der Abendhimmel aus. Vereinzelt sah man Sterne. Ich hätte Bartek gern gefragt, ob er sich mit Sternbildern auskannte. Er startete den Motor und begann auf Polnisch loszuschwatzen, als müsse er mich über einige grundlegende Dinge unterrichten. Er gestikulierte, klopfte beim Fahren ständig auf das Lenkrad und hupte, sobald ein Wagen vor ihm nach seinem Ermessen zu langsam fuhr. Am Rückspiegel baumelte ein kleines Kruzifix. Wie eine malträtierte Nadel war der Christus darauf gesetzt. Neben dem Tacho war ein Marienbild angebracht. Umgeben von den rot und gelb blinkenden Lichtern wirkte das Bild wie die Erscheinung der heiligen Jungfrau in einer Spielhölle.

Draußen glitten Bars vorüber; die Eingänge mit Baldachinen geschmückt wie auf einer Amüsiermeile.

Hotels tauchten auf, in deren Fenstern das Licht wie in Blasen gefangen hing. Mein Blick fiel auf Kirchen, Vorplätze, Seitenstraßen, ein Durcheinander von Balkonen, Fenstern und Satellitenschüsseln. Wie Klima wohl wohnte? Hatte er in seinem Flur auch Bilder vom falschen Papst hängen? Teppiche und Renaissanceschränkchen in den Zimmerfluchten? Ich stellte mir Predotta und Klima als Jungen in dieser Stadt vor. Aber das musste eine andere Welt gewesen sein. Eine Welt ohne diese fast südlich warme, nach verbranntem Mais riechende Luft, ohne diese Geschwindigkeit einer Fülle von Lichtern und Geräuschen.

Ich beobachtete Barteks Gesicht von der Seite. Sobald er meinen Blick auffing, redete er los. Er zog aus seiner Jackentasche ein Zigarettenpäckchen hervor und warf es mir rüber. Ich bedankte mich, zündete eine zweite Zigarette an und gab sie ihm. Er lachte. Als er in eine Seitenstraße einbog, tänzelte das Kruzifix am Spiegel. Bartek machte eine Bewegung – die Hand wie eine Pistole gegen den Mund gerichtet –, die wohl als Frage gedacht war, ob ich Hunger hatte. Aus Höflichkeit nickte ich, in Wirklichkeit hatte ich das Gefühl, eine Faust drücke mir den Magen zu.

Wir stiegen die Treppen zu einem Kellerlokal hinab, an den rotbraunen Wänden hingen elektrische Fackeln. Die Wärme des Abends war hinunter in das Gewölbe gekrochen. Es roch nach Öl und Gebratenem. Klima saß in einer Runde von Männern im hinteren Teil des Raumes. Ich erkannte den Mann wieder, der am Nachmittag in Frauenkleidern die Agentur betreten hatte. Er trug ein weißes Shirt und lachte mir entgegen, als ob wir uns schon lange kennen würden. Neben ihm löffelte ein älterer Mann im Anzug einen Teller roter Suppe, auf seinen knochigen Fingern steckten mehrere silberne Ringe.

»Komm, setz dich. Das ist unser kleines Wochentreffen. Darf ich vorstellen. Julian Krimek, unser Tänzer, eines meiner Nachwuchstalente. Und Anton Sowa, der Historiker, von dem ich dir bereits erzählt habe.«

Klima präsentierte mir stolz seine Tafelrunde.

Der Mann mit den Ringen, den er als Sowa vorgestellt hatte, sah von seinem Teller auf, nickte mir zu und aß weiter. Julian gab mir die Hand und sagte:

»Dir geht es nicht gut, oder?«

»Sieht man mir das an?«

»Ich habe von Klima die dumme Geschichte gehört. Setz dich erst mal.«

Klima war offensichtlich enttäuscht, dass ich nicht in der Lage war, die frappanten Ähnlichkeiten mit bekannten Personen zu entdecken, die sich in den Gesichtern der Männer widerspiegelten. In einem Gesicht glaubte ich gewisse Züge eines verstorbenen, berühmten deutschen Schauspielers zu erkennen. Ich hatte einmal einen Film gesehen, in dem er am Strand erschossen wurde. Die Kamera war minutenlang auf sein sterbendes Gesicht gerichtet. Der Schauspieler hatte seine Sterbeerinnerungen hervorgehaucht wie ein langes, nicht enden wollendes Gedicht. Als Klima bemerkte, dass ich den Mann beobachtete, stieß er mich leicht an.

»Nicht wahr, es ist wie ein Zwang, dass man hinsehen muss.«

Ich bestellte mir Bier und ein mit Majoran gewürztes Pilzomelett.

»Du solltest etwas Richtiges essen.«

»Haben Sie etwas über den Jungen erfahren?«

»Ich habe mit Predotta telefoniert und ihm gesagt, dass ich mich darum kümmern werde. Er war ziemlich aufgeregt. Sehr aufgeregt sogar. An der Polizei hat er genauso wenig Interesse wie ich. Das bleibt uns immer noch.«

»Und Samuel?«

»Der Junge wurde in der Nähe des Bahnhofs gesehen, zusammen mit ein paar anderen Jungs. Wie das so ist, in dem Alter werden bekanntlich rasch Freundschaften geschlossen. Ich vermute, er wird die Stadt verlassen wollen, wahrscheinlich mit dem Nachtzug. Da ist es am einfachsten, nicht aufzufallen.«

»Ich frage mich trotzdem, warum er aus der Stadt hinaus will.«

»Ich sagte doch, er wurde am Bahnhof gesehen. Außerdem wird er genug von der Stadt haben. In zwei Stunden geht ein Zug nach Warschau. Vermutlich wird er den nehmen.«

Klima zerschnitt nun das mit Zwiebeln und Eiern belegte Rinderfilet, das er sich bestellt hatte. Er wirkte wie ein Mann, der völlig mit sich im Reinen war, am Ende eines anstrengenden Tages sein Essen genoss und nicht gewillt war, irgendeine Beunruhigung ernst zu nehmen.

»Komm, trink noch einen Magenbitter zum Bier, dann schmeckt es dir besser. Wenn du vor ein paar Jahren hierhergekommen wärst, hättest du um diese Uhrzeit nichts mehr essen können. Man sollte es nicht glauben, sogar beim Küchenpersonal haben die Kommunisten ihre Kopfwäsche hinbekommen.«

Klima bestellte, ohne mein Einverständnis abzuwarten, den Magenbitter. Er lehnte sich zurück und steckte sich ein Zigarillo an.

»Ja, der Kommunismus war ein Unglück. Nun gut, die neue Zeit hat auch ihren Unsinn mit sich gebracht. Immerhin hat man heute die Entscheidung, ob man ihn futtern will oder nicht. Überall machen sie neuerdings diese kleinen Computercafés auf, in denen die Leute sitzen und auf das Geflimmer starren. Sogar in einem alten Renaissancekeller, 1542 von einem italienischen Meisterarchitekten erbaut, haben sie so eine Höhle eingerichtet, bis die Stadtverwaltung gemerkt hat, dass da eine historische Wand durchschlagen wurde, unwiederbringlich zerstört. Na, da war es natürlich zu spät, um irgendetwas zu retten. Warum gehen die Menschen in diese finsteren Abteien? Keine Arbeit haben, aber das Geld in diese Kisten stecken! Was soll man da sagen, es ist eine merkwürdige Welt.«

Ich aß langsam mein Omelett und wartete darauf, dass Klimas Rede ein Ende haben würde.

Plötzlich fragte er mich:

»Liebst du das Leben?«

Ich trank den Magenbitter in einem Zug.

»Wie diesen Magenbitter.«

»Na, siehst du.«

»Wie komme ich zum Bahnhof? Der Junge darf auf keinen Fall in den Zug steigen.«

»Bartek wird dich fahren. Und nun bestell dir etwas Richtiges. Wir haben noch Zeit. Ich habe dir doch gesagt, hier geht niemand verloren.«

Ich beschloss, dass ich, sofern ich Samuel fand, morgen in einem Zug sitzen würde, der mich dahin zurückbrachte, wo ich hingehörte. Im Grunde wusste ich jedoch, dass ich das überhaupt nicht wollte. Der Sommer hatte begonnen, und diese Stadt mit ihren Menschen faszinierte mich und brachte mich durcheinander. Je mehr Bier ich trank, desto tiefer versank ich in solchen Gedanken.

»Schau doch mal.«

An der rechten Seite des Kellerrestaurants wurde ein Vorhang aufgezogen, hinter dem sich eine kleine Bühne befand. Zwei Frauen stiegen hinauf; die eine setzte sich hinter das Schlagzeug, die andere griff nach dem Saxophon im Ständer. Sie spielten Jazz. Nach einigen Minuten erschien eine Sängerin. Sie trug ein schwarzes, mit winzigen, glitzernden Sternen besetztes Kleid. Die Augen geschlossen haltend, summte sie eine Zeitlang die Melodie mit, dann begann sie *Ain't no sunshine* zu singen, wobei sie im Refrain das *she* durch ein *he* ersetzte. Ich hatte den Song noch nie in dieser Weise gehört. Schlagzeug, Saxophon, Stimme, dazu das aufgedonnerte Abendkleid, das Geschirrklappern am Tisch, Sowas Ringe, alles begann ineinander überzugehen. Die Astronautin auf dem Plakat und die Sängerin verschwammen zu einer Person. Ich sah mich auf dem Planeten stehen und wie ein Schaf in die Weltallkälte hinausschauen. Schwerelos bewegte ich mich in der Dunkelheit, tastete mich vorwärts, atmete die Luft ein und kam doch keinen Deut vom Fleck.

»Hey, nicht Löcher in die Luft starren, ihr müsst los. In einer halben Stunde fährt der Zug ab.«

Klima legte gerade das Trinkgeld auf ein Tellerchen. An den Nebentischen wurde das Geschirr abgeräumt. Sowa und Julian standen miteinander redend hinter mir herum.

»Bartek wartet bereits oben im Wagen. Komm.«

Ich folgte den Männern. Ich war von der Wärme des Raums wie betäubt. Als ich an der Bar vorbeiging, die sich in einem Nebengewölbe unmittelbar hinter den Stufen zum Ausgang befand, hielt mich jemand am Arm fest.

»Was machen Sie denn hier?«

»Lidia.«

Sie trug nun ihre Haare offen. Ihre Augenbrauen waren mit einem feinen Strich nachgezeichnet.

»Sie haben sich sogar meinen Namen gemerkt. Nicht schlecht.«

»Arbeiten Sie hier?«

Sie lachte mich an und verschwand dann hinter dem Bartresen. Sie trank ein zur Hälfte mit Eiswürfeln gefülltes Glas Soda. Die Spiegel hinter ihr waren grün erleuchtet.

»Ich wusste gar nicht, dass Sie mit Klimas Leuten bekannt sind.«

»Nur flüchtig. Woher kennen Sie ihn?«

»Den kennt in Krakau jeder. Obwohl wir in einer Großstadt leben, ist hier manches wie in einer Kleinstadt. Ich glaube, er wartet oben auf Sie. Wo ist eigentlich der Junge? Ist alles wieder in Ordnung mit ihm?«

»Er ist verschwunden.«

16.

Der Wagen fuhr mit ungeheurer Geschwindigkeit durch die Straßen. Bartek schien beweisen zu wollen, wie ernst er seinen Auftrag nahm. Neben mir saß Julian, der darauf bestanden hatte, mitzukommen. (»Wenn der Junge Theater macht, nimmt dich am Ende noch die Nachtstreife fest, weil du nicht erklären kannst, um was es geht.«) Ich sah an seinen Augen einen winzigen Rest der Schminke vom Nachmittag. Julian lehnte mit dem Kopf am Fenster und sagte etwas zu Bartek, der jedoch nur mit »Paah!« antwortete.

»Weißt du, Bartek ist sehr empfindlich, wenn man zu ihm sagt, er sei ein Angeber. Er wird von Klima so sehr verwöhnt und mit Selbstbewusstsein gefüttert, dass er keinerlei Kritik verträgt.«

»Wie lange bist du schon bei Klima, Julian?«

Ich hielt mich am Vordersitz fest und sah nach draußen.

»Seit einem Jahr. Eigentlich seitdem ich aus Deutschland zurückgekommen bin. Ich habe in Frankfurt in einem Nachtlokal gearbeitet.«

»Wahrscheinlich siehst du auch irgendjemandem frappierend ähnlich.«

Julian lachte auf.

»Niemandem. Leider. Ich trete meistens als Tänzer auf oder als Signorina Martina wie heute. Das ist eine Rolle, die Klima erfunden hat. Eine Italienerin in Polen, die von einem Missverständnis ins nächste tappt. Klingt albern, ist aber ganz lustig, weil ich dabei viel singen kann.«

»Gefällt dir das wirklich?«

»Ich würde in diesem Land nirgends so viel Geld verdienen wie bei Klima. Außerdem kommt man rum. Alle Welt denkt, das sei ein armes Land. Ich bin hier in Häuser gekommen, da ging es luxuriöser zu als in den Reichenvierteln in den Staaten oder in Frankreich. Mit

Klimas Leuten vergessen die Menschen eine Weile, dass sie schneller durch ihr Leben laufen müssen, als ihnen lieb ist. Sie können den Präsidenten als Volltrottel erleben und darüber lachen oder, wie in meinem Fall, den Touristen als unbeholfenes, nett singendes Fräulein. Das macht die Menschen glücklich. Glaub mir, es ist nicht die schlechteste Arbeit.«

Der Wagen hielt an. Auf dem Bahnhofsvorplatz standen einige Taxen; die an den Türen lehnenden Fahrer sahen zu uns herüber. Aus den Wagen drangen Radioklänge.

Ich suchte mit den Augen den großen Platz ab. Nirgends eine Spur von ihm. Kein Junge, auf seinem Rucksack sitzend, die Hände in der Jacke vergraben. Bartek machte eine Miene, als ob er den Auftrag erhalten hatte, eine Festnahme durchzuführen. Er schlug den Kragen seiner Lederjacke hoch, steckte sich eine Zigarette in den Mund und lief zu den Taxifahrern, um sie zu fragen, ob sie Samuel gesehen hatten. Julian und ich betraten das Bahnhofsgebäude, auch hier war er nicht. Stattdessen saßen ein paar junge Amerikaner mit ihren Gitarren in der Nähe des Gepäckschalters, Bierbüchsen vor sich auf dem Boden, singend, lachend. Julian hakte sich bei mir ein und sagte: »Komm, wir gehen den Bahnsteig ab, bevor der Zug kommt.«

Unsere Schritte hallten in der orangefarben beleuchteten Unterführung, die vom Hauptgebäude zu den Gleisen führte. An die Wand stand mit blauer Farbe *Travel agency death* gesprüht. Hatte Boswell nicht einmal geschrieben: *Es ist eine unumstößliche Tatsache, dass ich um so glücklicher bin, je mehr ich arbeite.* So idiotisch die Zeile an der Wand auch sein mochte, automatisch spielte ich Möglichkeiten ihrer Übersetzung durch: Reiseagentur Tod, eine Reiseagentur mit Namen Tod.

Wir liefen die Treppen zum Bahnsteig hinauf. Unter der dunkelgelben Überdachung hing warme, feuchte Luft. Auf dem Bahnsteig stand eine kleine Gruppe Reisender. Kein einziges Kind darunter. Einzelne Menschen, die warteten, rauchten. Samuel war nirgendwo zu sehen.

Dann kam der Zug.

»Wie lange hält der Zug, Julian?«

»Höchstens fünf Minuten.«

Die grünen Waggons glitten vorüber. Das laute quietschende Geräusch füllte die Halle. Ich sah in einem der Fenster von hinten den Kopf eines Jungen, darunter die Jahre und den Rucksack mit den großen Schlaufen.

»Er ist da drin!«

»Warte, er kann nicht da drin sein. Der Zug hat vor zwei Stunden das letzte Mal gehalten. Warte!«

Ich stieg in den Zug ein, drängte einige Passagiere im Gang zur Seite und lief zu dem Abteil, wo ich den Jungen gesehen hatte. Ich hätte die Hand nur noch ein Stück weiter auszustrecken brauchen, um den Rucksack zu berühren, und wusste doch im selben Augenblick, dass der Junge nicht Samuel war. Aber das Gefühl, jemanden gefunden zu haben, der ihm ein wenig glich, machte mich merkwürdig leicht. Die Mutter des Jungen sah mich streng an. Ich entschuldigte mich und wandte mich langsam ab.

Durch die Fenster sah ich den schwach erleuchteten Bahnhof auf der anderen Seite. Ein Gefühl der

Ruhe überkam mich. Ich war mir plötzlich sicher, dass Samuel nichts zugestoßen war. Eine Reihe dummer Zufälle hatte uns auseinandergebracht, mehr war es nicht. Ich sagte mir, das ist nichts weiter als die westeuropäische Neurose, Kinder vor Erfahrungen schützen zu wollen, die man ohnehin nicht verhindern kann.

Julian rief mich nun vom Ausgang her. Die Leute verschwanden in den Abteilen. Jeden Moment konnte der Zug anfahren. Ich rannte zur Tür und sprang nach draußen. Ein gellender Pfiff ertönte. Der Zug stand wie ein langer Schlauch auf den Gleisen. Plötzlich ruckte er an und setzte sich in Bewegung. Die Rollgeräusche entfernten sich, als sei dies das Zeichen, dass der Betrieb auf dem Bahnhof für diese Nacht beendet war.

Bartek drückte seine Zigarette auf dem Boden aus, als er uns auf sich zukommen sah. Er legte mir den Arm um die Schultern und schob mich sanft in Richtung der Treppe. Julian ging vor uns. Mit dem Zeigefinger rieb er sich die Stelle seines Augenlids, an der ich zuvor den Rest Schminke gesehen hatte.

17.

»Kann ich mitkommen? Hast du noch etwas zu trinken auf deinem Zimmer?«

»Ja, ich habe heute Mittag eine Flasche Wein gekauft. Sollten wir nicht doch zur Polizei gehen?«

»Auf keinen Fall. Klima würde dir den Kopf abreißen. Es würde auch nichts bringen. Nachts wird hier nur Streife gefahren, sonst nichts. Der Junge ist bestimmt noch in Krakau.«

Julian war schnell aus Barteks Wagen gesprungen. Bartek hatte mich angesehen, als wollte er mich warnen. Die Innenfläche seiner Hand an die Stirn legend, redete er drauflos, die Augen geschlossen, als müsse er sich um diese Uhrzeit auf jedes Wort genau konzentrieren. Julian war über die Kreuzung gelaufen, hinein in die Straße, die zum Hotel führte. Kaum ein Wagen war jetzt noch auf den Straßen unterwegs.

Julian hatte sich auf die Stufe des Hoteleingangs gesetzt. Er wischte sich einen Fleck vom Schuh und grinste mich an. Ich beneidete ihn darum, mit welcher Gleichmütigkeit er dasaß, eine Zigarette rauchte und darauf wartete, dass ich den Schlüssel aus meiner Tasche holte.

»Du hast keine eigenen Kinder, oder?«

»Nein, ich will auch keine. Du siehst ja, ich habe kein Talent dafür.«

»Ich hätte wahrscheinlich auch keines. Bei mir kommt es auch nicht darauf an. Ich denke nur immer, dass Kinder ständig Rechtfertigungen von einem fordern. Das könnte ich nicht aushalten.«

»Ich habe noch nie darüber nachgedacht.«

»Klima sagt immer, Gefühle dürfen unter keinen Umständen logisch sein. Sobald jemand erklärt, warum er etwas empfindet, sagt er, ist sein Gefühl schon beschädigt.«

»Das glaube ich nicht. Komm, lass uns hochgehen.«

In Samuels Zimmer hatte sich nichts verändert. Der Zettel lag noch an derselben Stelle. Meine Handschrift kam mir fremd vor. Seltsamerweise hatte ich keine Sekunde lang daran geglaubt, dass er zurückgekommen sein könnte. Ich drehte das Radio an, holte die

Flasche Wein aus meiner Tasche und setzte mich ans Fenster. Der Blick führte auf den Innenhof. Warme Nachtluft drang herein. Wo Anna jetzt wohl war? Ich stellte mir vor, wie sie in einer amerikanischen Bibliothek saß, die Haare zusammengebunden, den Blick auf die Seiten eines Manuskrips gerichtet.

Julian ging ins Bad. Ich hörte das Plätschern des im Waschbecken auftreffenden Wassers. Immer hatte ich dieses Geräusch in Hotels geliebt. Es erinnerte mich an die Ferien meiner Kindheit. Wenn man sich ins Bad eines Hauses einschloss, in dem man noch nie zuvor gewesen war, und den Wasserhahn aufdrehte, konnte man eine besondere Form von Ankunft erleben. Der helle strenge Klang des Wassers verwandelte sich binnen Sekunden in einen unabweisbaren Bestandteil des Angekommenseins.

Julian kam aus dem Bad. Über seine Schulter hatte er sich wie ein Sportler das Handtuch gelegt.

»Es ist schon fast tropisch in der Stadt.«

Er sah zu dem Radio, das auf dem Tisch am Fenster stand.

»Hey, dieses Lied ist herrlich, ein moderner argentinischer Tango, den sie seit Wochen auf allen Stationen spielen.«

Julian begann, durch den Raum zu tanzen, ein imaginäres Gegenüber in den Armen haltend. Seine Schritte waren kurz und präzise, zugleich waren alle seine Bewegungen geschmeidig, den Kopf warf er zur Seite, als ob man ihm einen Befehl zugerufen hätte.

»Komm schon, löse den Unsichtbaren ab.«

Ehe ich etwas sagen konnte, hatte er meine Hand ergriffen und redete drauflos, wie ich die Schritte zu setzen hätte. Ich war zu müde, um mich zu weigern. Außerdem gefiel mir die Musik, und ich kannte aus der Tanzschule einige Tangobewegungen. Julians Arm lag nur leicht auf meiner Schulter; ich sollte wohl seine Aufforderung nicht missverstehen. Obwohl er führte, verließ ich mich voll und ganz auf die Schritte, die man mir beigebracht hatte. Einmal stolperten wir, doch Julian fing alle ungeschickten Bewegungen mühelos auf. Solange das Lied aus dem Radio erklang, sah ich die Gegenstände des Zimmers wie in einem Karussell: Bett, Schrank, Tür, Fenster und dann Fenster, Tür, Schrank, Bett. Kurz sah ich mich im Schrankspiegel und dachte: Es ist nicht zu fassen, was du hier machst. Julian lachte und ließ mich los.

»Nicht schlecht für den Anfang.«

Er goss den Wein in die Gläser, die auf dem Nachttisch standen. Dann setzte er sich auf den Bettrand und fuhr sich mit dem Handtuch über die Stirn. Mir war leicht schwindlig.

»Weißt du, als ich bei Klima zu arbeiten begann, dachte ich, dass ich das große Los gezogen habe. In Frankfurt war ich ein Niemand, ein billiger Tingeltangeltänzer, der besser nicht den Mund aufmachte. Ich dachte ernsthaft daran, selbst eine Agentur zu eröffnen. Ich wollte Fuß fassen, wie man so schön sagt. Nichts davon passierte. Ich hatte zwar genug, um durchzukommen, war jede Nacht unterwegs, hatte Spaß. Es gab keinen Grund zum Jammern. Ich hätte beinahe glücklich sein können. Das Publikum verzichtete sogar darauf, mich anzutatschen. Vor meiner Garderobe stand ein Mann, der aufpasste, dass niemand mich nach der Vorstellung belästigte. Überhaupt war der Laden einigermaßen sauber geführt, aber ich wurde das Gefühl nicht los, einer dieser Typen zu sein, wie sie zu Tausenden in den großen Städten herumlaufen.«

»Ich weiß nicht, was du meinst. Was wäre denn das Gegenstück zu soeinem Typen? Ich kenne zum Beispiel eine Menge Leute, die bessere Übersetzer sind als ich, begabter, erfolgreicher. Dennoch glaube ich, dass niemand von denen den gleichen Zugang zum Englischen hat wie ich.«

»Entweder ist man heiß oder kalt. Entweder ziehst du das Leben oder es schleift dich über den Boden.«

»Ich gäbe was drum, wenn ich es so sehen könnte.«

»Bei Klima habe ich jedenfalls von Anfang an das Gefühl gehabt, nicht der geduldete Idiot zu sein, nicht mehr einfach ersetzbar durch einen anderen.«

»Obwohl du gar nicht zu seinen Doppelgängern gehörst?«

»Ja und nein. Ich gehöre zu seiner Truppe. Daher bin ich in gewisser Weise auch einer der Doppelgänger. Ist das nicht faszinierend, dass Klima sich auf so ein Zufallsprodukt wie die Ähnlichkeit kapriziert hat?«

Draußen auf dem Gang waren schnelle, leichte Schritte zu hören. Ich sprang auf und rannte zur Tür. Vielleicht wollte ich nur das Gespräch mit Julian unterbrechen, der nun auf meiner Decke lag. Auf dem Flur war aber niemand zu sehen.

»Du bist nervös.«

»Wundert dich das?«

»Nein, mich wundert nichts mehr.«

Julian schloss die Augen. Er hatte offenbar beschlossen, die Nacht hier zu verbringen. Ich überlegte einen Augenblick, ob ich in das andere Zimmer gehen sollte, brachte es aber nicht fertig. Ich stellte das Radio aus und ging ins Bad.

»Julian, was war deine weiteste Reise?« fragte ich durch die offene Tür.

Ich hörte, wie er sich umdrehte.

»Stell dir vor, ich habe mich dort in einen Mann verliebt, der Metrofahrer war. Tag ein, Tag aus durch Schächte sausend, Menschen am Bahnsteig vor sich, alte und junge Menschen aus allen Nationen, alle mit diesem gleichgültigen wartenden Blick. Er war ganz anders, neugierig aufs Leben. Er war wunderbar. Hast du dich schon einmal in einen Mann verliebt?«

»New York.«

»Ja, aber in einen toten«, sagte ich zu meiner eigenen Überraschung.

»Klingt unheimlich.«

Ich musste lächeln.

»Ein reiselustiger Engländer. Ich glaube, in den habe ich mich ein bisschen verliebt.«

»Warum in einen Toten?«

»Weil er mich begleitet und einfach immer da ist. Deswegen habe ich so viel für ihn übrig.«

18.

Als ich aufwachte, sah ich, dass Julian seine Hand unter mein Kopfkissen geschoben hatte. Sein Gesicht lag in der Sonne. Die Haare waren vom Schlaf verwildert und gaben ihm das Aussehen eines sehr viel jüngeren Menschen. Ich sah auf die Uhr. Es war kurz nach acht.

Noch zwei Stunden schlafen, dachte ich, den Duft von heißem Kaffee einatmen, die erste Zigarette rauchen. Das wäre ein Tagesbeginn. Im Hof war der Lärm aus der Küche zu hören. Ich stand auf und ging ins Bad.

Unterdessen dachte ich daran, dass ich Klima anrufen und ihn dazu bringen musste, mich zur Polizei zu begleiten. Die Frage nach Samuels Verbleib in der Nacht schob ich von mir fort. Ich kam mir wie ein Versager vor, weil ich im Grunde nichts unternommen hatte. Auf meinem Nachttisch lag der Boswell-Band. Eigentlich saß ich um diese Uhrzeit an meinem Schreibtisch und hörte Jane-Birkin-Chansons. Was hätte ich darum gegeben, in diesem Augenblick ihrem schluchzenden Französisch zu lauschen, dem viel zu langen *Merci, Merci, Merci*, das sie nach jedem Lied ihrem Publikum zuwarf.

Während des Frühstücks erschien Bartek in der Hotelhalle. Er war aufgeregt und forderte mich auf, ihn zu begleiten. Trotz der Wärme trug er wieder seine Lederjacke. Er lachte, als habe er gute Nachrichten zu verkünden. In seinem Wagen roch es nach Kölnischwasser und Zigarettenrauch.

Julian hatte sich geweigert aufzustehen. Er habe seinen freien Tag, hatte er gemurmelt, und werde sich, wenn ich nichts dagegen hätte, so lange ausstrecken, bis keine Müdigkeit mehr in ihm sei. Ich war, durch die Scheiben blickend, verwundert, wie selbstverständlich ich solche Erklärungen entgegennahm. Natürlich, ein Mann teilt mit dir das Bett, er ist müde von seinen Auftritten als Signorina Martina und hat ein Recht, sich auszuschlafen. Keine Ursache, bleib nur liegen.

Ich gehe frühstücken. Ich verzichte auch ohne weiteres aufs Zeitungslesen und sonstige Rituale. Steige ohne Protest in einen fremden Wagen und fahre quer durch Krakau zu einem Mann, dem ich aller Vernunft nach misstrauen müsste.

Bartek warf hin und wieder einen Blick auf mich. Schließlich hielt er vor einem mehrstöckigen Gebäude in der Vorstadt. Ein neues, mit einer breiten Glasfront ausgestattetes Haus, auf dessen Vorplatz Wagen kreuz und quer geparkt standen. Auf der Straße befand sich eine Ansammlung von Menschen, die aussahen, als gehörten sie zu einer Hochzeitsfeier, die Männer in dunklen Anzügen, die Frauen in farbigen Kleidern, wobei einige weiße Lederstiefel trugen, die seltsam von der festlichen Kleidung abstachen.

Bartek parkte genau vor dem Hauseingang, warf laut die Türen zu, als ob alle merken sollten, dass er angekommen sei. Er gab mir ein Zeichen, ihm zu folgen. In der Eingangshalle des Hauses standen noch mehr Menschen. Ein an- und abschwellendes Murmeln und Gedränge erfüllte den Raum. Neben den Fahrstuhleingängen prangte ein Empfangstisch, auf dem sich mehrere Monitore und Telefone befanden. Jemand berührte meine Schulter. Ich drehte mich um und sah in das lächelnde Gesicht von Klima.

»Da bist du ja.«

Wie der Superintendent einer Kleinstadt stand er da. Glattrasiert, die weißen Haare akkurat geföhnt und gekämmt. Den gedrungenen Körper in einen schwarzen Anzug gesteckt. Jovial in seinen Gesten, verbindlich, mitteilsam, links und rechts grüßend, während er mir die Hand auf die Schulter legte und leise sagte:

»Ich habe gute Neuigkeiten.«

Er zwinkerte mir zu und nickte dann Sowa zu, der, hinter ihm stehend und ähnlich festlich gekleidet, ihm etwas zugeraunt hatte. »Komm mit; unsere Veranstaltung beginnt gleich. Das darfst du dir nicht entgehen lassen.«

Klima verschwand in der Menge, die nun auf zwei große Saaltüren zutrieb. Ich fragte mich, ob ich nicht einfach umkehren und zurückgehen sollte, aber ich ließ mich weiterschieben. Die Fensterfront des Saales führte auf einen grünen Hof, in dem mehrere Kübel mit Palmen standen. Das Licht fiel auf den Rasen, einige Bänke, die Pflanzen und einen Brunnen, der in der Mitte eine Metallskulptur zeigte. Eine Art Nadel, aus deren glänzender Spitze das Wasser herausschoss.

Im hinteren Teil des Saales war ein Büfett aufgebaut. Auf der Bühne stand lediglich ein Pult mit einem Mikrofon. Klima stieg nun auf die Bühne, empfangen von lautem Beifall, und sagte ein paar Worte. Für einen kurzen Moment sah ich in ihm wieder den Bewunderung entgegennehmenden Schriftsteller. Er zelebrierte sein Sprechen, jenes Vorspielen von Ruhm und Bedeutung und die wie ein Netz ausgeworfene Sicherheit des Schauspielers, der die Wirkung seiner Worte spürt.

Ich lehnte mich zurück und dachte daran, ob es wohl mein Schicksal war, dass ich immer wieder in solchen Sälen landete. War ich dazu verdammt, mich still auf einen Stuhl zu setzen und Vorträgen zu lauschen, die ich, wie in dem Moment, nicht verstand oder die mich im Grunde langweilten? Mein Vater hatte einmal zu mir gesagt, die Entscheidung für den Beruf, den du dir wählst, und für die Frau, mit der du zusammenleben willst, sind die beiden Lebensfelder, auf denen du am tiefsten einbrechen kannst. Ich hatte das immer für eine allzu skeptische Einschätzung gehalten. Nun, Klima vor Augen, fiel sie mir wieder ein, und ich konnte nicht anders, als mich zu fragen, ob mein Vater nicht doch ein wahres Wort gesprochen hatte.

Nachdem Klimas kurze Einführung beendet war, ging er von der Bühne ab. Einige Herren in der ersten Reihe, offensichtlich die Eigentümer des Gebäudes, erhoben sich und gaben ihm dankend die Hand.

Dann rollten mit leisem Surren die Jalousien an der Glasfront hinunter, und der Saal war in Dunkelheit getaucht. Ein Scheinwerfer flammte auf. Gitarrenklänge waren zu hören. Auf der Bühne erschien ein Mann in weißem Glitzerkostüm, einem kleinen Bauchansatz und einer schwarzen, weit vor die Stirn geföhnten Haartolle. Neben mir begannen die Leute laut zu klatschen. Der Mann begann in näselndem Englisch *In The Ghetto* zu singen.

Ich hatte vor Jahren das letzte Mal einen Elvis-Imitator gesehen, einen jungen, übertrieben mit den Hüften schaukelnden Mann, der beim Singen ständig ruckartig den Kopf zur Seite warf, so dass seine Stimme nur bruchstückweise zu hören war. Klimas Elvis hingegen war ganz aufs Gemächliche ausgerichtet. Er sah freundlich ins Publikum, als suche er ein bestimmtes Augenpaar. Mit der linken Hand fuhr er sich ab und an über die Schläfe. Sein Lächeln hatte durchaus etwas von der müden, traurigen Verzweiflung der letzten Auftritte des Originals. Auch seine dunkle Stimme glich der des Vorbilds. Ein breites Raunen und Nuscheln, das sich mühelos der Musik anschmiegte.

Der Scheinwerfer strich nun grell sein Gesicht ab. Die Mikrofonschnur glitt durch seine Finger wie eine wendige Schlange. Versunken in die schwermütige Melodie, sang er, als habe seine herzugeschminkte Ähnlichkeit die Kraft, dem Gebäude und den darin versammelten Menschen eine unanzweifelbare Kopie vorzugaukeln. Eine Erheiterung, die einen bestimmten Freudennerv so zielsicher traf wie der Anblick des Wassers, das hinter den verschlossenen Jalousien aus der komischen Brunnennadel herausschoss.

Der Mann trat einen Schritt zur Seite; plötzlich stolperte er über das Mikrofonkabel, so dass ein lautes pfeifendes Ziehen aus den Lautsprechern zu hören war. Einen Augenblick sah es so aus, als würde der Sänger stürzen. Er fing sich jedoch wieder und sang weiter, als sei nichts geschehen. Die Leute klatschten erneut. Ein weicherer Beifall, beinahe mit einem verständnisvollen Klang. Belohnten sie ihn dafür, dass er sie nicht in Verlegenheit gebracht hatte oder bewunderten sie das gekonnte Übergehen der Peinlichkeit? Ich klatschte mit und hatte das Gefühl, dass in dieser kleinen Rettung ein gutes Zeichen für den Tag lag.

Als die Jalousien wieder hochgefahren wurden, betrat einer der Herren aus der ersten Reihe die Bühne. Klima, der nicht weit entfernt von ihm saß, machte ein strenges, konzentriertes Gesicht.

Ich verließ den Saal und zündete mir draußen eine Zigarette an. Wahrscheinlich, dachte ich, war die Neuigkeit, die Klima mir verkünden wollte, wieder nur ein Bluff. Mit Sicherheit war ihm bewusst, dass am Ende nur ich den Kopf in der Schlinge haben würde. Mir hatte man ja den Jungen anvertraut. Klimas Gebaren, als würde jede noch so kleine Bewegung in der Stadt mit ihm in Beziehung stehen, begann mir auf die Nerven zu gehen. Andererseits spürte ich, wie sehr ich mich bereits von dieser Behauptung hatte einnehmen lassen. Fest hatte sich in mir die widersinnige Überzeugung eingenistet, außer Klima könne mir hier niemand helfen.

Während ich mir aus einem Automaten neben dem Empfangstisch einen Kaffee holte, kam Sowa aus dem Saal. Er lockerte die Krawatte und stellte sich neben mich.

»Ich nehme auch einen.«

»Ist Ihnen langweilig?«

»Keineswegs. Die Veranstaltung gehört zu den teuersten in diesem Jahr. Solche Bürohauseröffnungen sind große Erfolge für die Agentur. Leider gab es den dummen Patzer.«

»Ich fand, er hat die Sache elegant gelöst.«

»Reden wir über etwas anderes. Der Junge war die Nacht über bei Leuten in der Humbertastraße. Deutsche, die nicht gut auf Klima zu sprechen sind. Wir haben Sie heute früh angerufen; wir hatten einen Hinweis bekommen. Nun ja, der Junge ist anschließend auch bei ihnen abgehauen. Aber immerhin wissen Sie nun, dass ihm nichts passiert ist.«

»Wohin abgehauen?«

Sowa zuckte mit den Schultern und nippte an seinem Pappbecher.

»Wohin eben Kinder abhauen. Irgendwohin.«

»Bartek könnte mich zu den Leuten bringen.«

»Nein, der sitzt drinnen fest. Ich kann Ihnen ein Taxi rufen.«

Sowa trat an den Empfangstisch, hob den Telefonhörer ab und sah mich, während er das Taxi bestellte, mit einem prüfenden Blick an.

»Das Taxi kommt gleich. Wissen Sie, es hat lange keinen solchen Wirbel gegeben wie bei Ihnen.«

Sowas Stimme klang mürrisch.

»Das ist nicht meine Schuld.«

»Natürlich nicht. Es sind immer die anderen.«

Ich hatte das Gefühl, er wollte mich reizen. Wie ein kleiner, nervöser Empfangschef stand er vor der Saaltür und drehte an seinen Ringen. Plötzlich sagte er:

»Ich weiß, dass Klima Ihnen die Lagergeschichte erzählt hat. Die Sache mit den Engländern. Wissen Sie, das ist seine Masche. Er erzählt jedem ein bisschen etwas, gerade so viel, wie derjenige brauchen und vertragen kann. Sie sind zu jung, um die Geschichte mit den Lagern zu verstehen. Sie sollten sich mal darum bemühen, Predottas Rolle in dem Ganzen zu ergründen. Sie werden erstaunt sein.«

»Was Klima und Predotta hier als Kinder getrieben und erlebt haben, interessiert mich nicht sonderlich. Ich bin nicht wild auf die alte Zeit.«

»Mag sein. Aber Sie verstehen nichts. Das sieht man Ihnen auf Schritt und Tritt an. Sie haben keine Ahnung von diesem Land und wahrscheinlich noch weniger von Ihrem eigenen.«

»Ich verstehe nicht, was Sie mir sagen wollen.«

»Weil Sie so ein guter Mensch sein wollen. Das macht mich nervös. Ihre ständige, unausgesprochene Verwunderung, Ihre Ängstlichkeit und geduldige Erwartung der Erlösung von Ihren Sorgenqualen ist geradezu peinlich. Vielleicht können Sie Leute wie Julian dazu bringen, dass sie sich ihr zartes Köpfchen über Sie zerbrechen. Bei mir verfängt das nicht.«

»Das Taxi ist da, Sowa. Ich will Sie übrigens zu gar nichts bringen. Ich will nur, dass der Junge gefunden wird. Denn ohne die dummen Lügengeschichten, die man ihm hier vorgesetzt hat, wäre alles in bester Ordnung. Wir beide müssten nicht in diesem Gebäude stehen und ich müsste mir keinerlei Gedanken über Leute wie Sie und Klima machen. Lassen Sie uns nicht streiten. Sobald Samuel aufgetaucht ist, das verspreche ich Ihnen, werden Sie mich nicht mehr zu Gesicht bekommen.«

Sowa grinste.

»Ich hätte Ihnen gar keinen scharfen Tonfall zugetraut. Das ist doch schon ein Anfang. Hier auf diesem Zettel steht die Adresse des Ehepaars, bei dem der Junge übernachtet hat.«

»Sagen Sie Klima, ich komme später in die Agentur.«

Sowa öffnete vorsichtig die Tür und verschwand im Saal.

Ich gab dem Taxifahrer den Zettel und ließ mich auf die weiche lederne Rückbank fallen. Von draußen blendete das Sonnenlicht. Ich sah von weitem in milchigen Umrissen die Türme des wuchtig aufragenden Wawel; in den Zwischenräumen der Kuppeln flackerten Lichtreflexe; dahinter stand ein ruhiger, sommerlicher Himmel, der jedes Geräusch zu schlucken schien.

Die Wohnung erinnerte mich an Räume aus dem neunzehnten Jahrhundert, wie sie in Museen ausgestellt werden. Überall standen Kommoden herum, Porzellanuhren, Porzellanfiguren (kleine Affen, die ihre spitzigen

Hände wie ein Schrei nach oben streckten), Kerzenhalter, Tische, auf denen weiße Decken lagen. Auf dem Kirschholzsekretär befand sich ein flacher Computer, der wie ein Fremdkörper in dieser Patrizierwohnung wirkte.

Gerster trat zum Tisch und sammelte irgendwelche Fotografien ein, während seine Frau auf dem Balkon stand und telefonierte.

»Wissen Sie, wir sind etwas durcheinander. Wir haben selten so viel Besuch. Möchten Sie einen Tee?«

Gerster stand auf und ging in die Küche. Die Frau, das kabellose Telefon ans Ohr gepresst, sah mich durch die Scheiben der Balkontüre an. Sie wirkte nervös; ihre grauen Haare waren zu einem Zopf zusammengebunden, so dass sie wie eine in die Jahre gekommene Sportlehrerin aussah.

Gerster kam mit einem Tablett aus der Küche geschlurft. Durch das Wohnzimmerfenster sah man auf ein Hochhaus, das in der Ferne als wuchtiger Block thronte. Ich hatte Lust, den alten Herrn zu fragen, ob er je einmal in seinem Leben mit dem Gedanken gespielt hatte, in einem solchen Hochhaus zu wohnen.

Gerster stellte das Tablett ab und goss den Tee ein. Der aufsteigende Dampf roch nach Jasminblüten.

»Gestern trafen wir den Jungen am Bahnhof und haben den deutschen Aufkleber auf seinem Rucksack gesehen. Er erschrak überhaupt nicht, als wir ihn ansprachen. Wissen Sie, was er als Erstes sagte: Ich brauche eine Übernachtung. Als ich ihn fragte, wer denn seine Begleitung sei, sagte er nur, niemand, er reise allein und fahre morgen zu Verwandten nach Warschau. Das klang doch plausibel, nicht wahr? Ein intelligenter Junge, sehr wachsam. Wir haben hier nicht so viel Kontakt zu Deutschen, wissen Sie. Deswegen haben wir uns gefreut, ihn zu treffen. Keinen Augenblick dachte ich daran, dass etwas faul an der Geschichte sein könnte.«

Die Frau kam herein und setzte sich neben Gerster auf die Couch mit den beiden verzierten Holzlehnen. Als sie mich fragte, in welchem Verhältnis ich zu dem Jungen stehe, zögerte ich einen Moment, dann behauptete ich, der Stiefvater zu sein. Wie merkwürdig das Wort klang – Stiefvater.

Dann erkundigte sie sich nach der Mutter des Jungen. Ich trank den Tee und fragte mich, was Samuel in dieser Wohnung empfunden haben mochte.

»Der Junge hat nicht viel gesprochen, wissen Sie. Er saß dort drüben, wo der Fernseher steht, und hat sich eine Stunde lang eine polnische Sendung angesehen. Ich sagte zu ihm, du verstehst doch gar nichts von dem, was da läuft. Aber er ließ sich nicht davon abbringen. Wie konnten sie ihn nur in die Hände von Klima geraten lassen? Das spricht doch für den Jungen, dass er mit ihm nichts zu tun haben will. Mit Sicherheit ist er aus Furcht vor diesem Menschen weggelaufen.«

»Ich glaube nicht, dass Samuel sich fürchtet.«

»Klima ist wie ein Patriarch, verstehen Sie, ein Patriarch der neuen Zeit.«

»Was soll das sein, die neue Zeit? Leute wie Klima tun das Naheliegende.«

Gerster stand auf und trat ans Fenster.

»Das Gebäude dort drüben, sehen Sie, war früher einmal eine Schule. Ich habe dort zwanzig Jahre lang Deutsch unterrichtet. Als hier der neue Geist einzog, wurde die Schule geschlossen, weil es hieß, das sei eine Brutstätte für Kommunistenkinder gewesen. Klima lancierte kurz vor der Schließung der Schule einen Zeitungsartikel, worin er die Rolle der Lehrer, die aus dem Nachbarland stammten, für fragwürdig erklärte. Nun gut, jeder hat das Recht auf seine Meinung. Aber als die Schule geschlossen wurde, veranstaltete Klima in der großen Aula seine großen Auftritte. Ich weiß noch, wie er einen Schmierendarsteller den Gewerkschaftsführer nachahmen und eine Rede vorlesen ließ, mit der er Leute wie mich lächerlich machte. Das ist die neue Zeit. Wenn einer schon unten ist, dann kriegt er noch den Fuß in den Nacken gestellt.«

Ich merkte, dass Gerster dazu anhob, mir seine komplette Lebensgeschichte zu erzählen.

»Hatten Sie denn ein Parteibuch?«

Er sah irritiert seine Frau an.

»Wer hatte keines? Um ins Ausland zu gehen, musste man eins haben.«

»Entschuldigen Sie, mir ist gleichgültig, ob Sie in der Partei waren oder nicht. Es geht mich nichts an, welche Privilegien Sie hatten oder nicht hatten. Mich interessiert nur, wann Samuel die Wohnung verlassen hat. Hat er gesagt, wie er nach Warschau kommen will?«

»Als meine Frau mit den Leuten von Klima telefonierte, hat er wohl seinen Namen gehört. Er lief jedenfalls sofort in sein Zimmer, machte sich an seinem Rucksack zu schaffen und rannte dann an mir vorbei nach draußen.«

»Das war alles?«

»Im Grunde ja. Das heißt, bevor er die Tür schloss, legte er noch einen Zehn-Zloty-Schein auf die Kommode. Wahrscheinlich glaubte er, uns etwas schuldig zu sein.«

Die Frau zog aus einem Schubfach einen Briefumschlag und legte ihn vor mich auf den spiegelglatten Tisch.

»Darin ist das Geld. Geben Sie es dem Jungen zurück.«

Ich fand es komisch, den Umschlag einzustecken. Der Gesichtsausdruck der Frau ließ mir jedoch keine Wahl.

Ich bedankte und verabschiedete mich, sagte, dass ich sie benachrichtigen werde, sobald sich die Dinge geklärt hätten. Als ich bereits im Treppenhaus war, öffnete sich noch einmal die Tür, und Gerster rief mit einem scharf geflüsterten Ton hinter mir her:

»Das Buch haben Sie vergessen. Der Junge hat ein Buch hier liegengelassen.«

Mit seinem Schlurfschritt kam mir Gerster ein paar Treppen entgegen und drückte mir die Ausgabe des Romans in die Hand, auf dessen Umschlag das Gesicht des polnischen Schriftstellers zu sehen war, dem Klima so täuschend ähnlich sah. Hatte Samuel es absichtlich bei den Leuten gelassen?

Ich nahm das Buch und lief die Treppen hinunter. Das Geräusch meiner Schritte hallte an dem mit Blumenornamenten verzierten Eisengeländer entlang und kam mir in dem ruhigen Haus wie eine bösartige Ruhestörung vor. Als ich die Haustür öffnete, fiel eine Lichtschneise in die Straße, die an der gegenüberliegenden Fassade ein großes, klares Schattenmuster zeichnete. In einem der Hauseingänge entdeckte ich einen Kübel, um den Fliegen kreisten, als liege dort ein totes Tier verborgen. Ohne das Buch aufzuschlagen, auf dessen erster Seite Klimas anmaßende Widmung stand, stopfte ich es in den Kübel. Ich wollte es los sein, es entfernen und aus der Welt tilgen. Überhaupt erschien mir das Aufbewahren von Büchern in diesem Moment als etwas äußerst Fragwürdiges. Konnten nicht eigentlich nur die Sätze, an die man sich erinnerte, nachdem man sie einmal gelesen oder gehört hatte, wirklich das Recht beanspruchen, erhalten zu werden? Natürlich waren das lächerliche Fragen. Ich hatte mir nun einmal einen Beruf ausgesucht, der meine Existenz auf das Vorhandensein von Wörtern und Büchern stellte. Wie hatte Boswell geschrieben: *Wir sprachen uns entschieden gegen das Trinken aus, leerten dabei aber fünf Flaschen Rotwein.*

19.

In der Straße sah ich eine Telefonzelle, um die lauter Katzen strichen. Eine zerbrochene Flasche Milch lag am Boden. Die Tiere tapsten zwischen den Scherben umher, ihre wächsernen rosa Zungen vorsichtig in die weiße Flüssigkeit steckend. Einen Augenblick lang spielte ich mit dem Gedanken, mich bei Predotta zu melden. Klima hatte mir nicht erzählt, wie das Gespräch zwischen ihnen verlaufen war. Aber ich ging weiter. Ich hatte mir einen Stadtplan besorgt, ein ähnliches Ungetüm wie jenes, das Samuel im Hotel auseinandergefaltet hatte.

Ich machte mich auf den Weg in die Straße, in der sich das Kellerrestaurant befand, in dem Lidia arbeitete. Nachts hatte ich von Lidia geträumt. Zwischen den Gläsern und Flaschen der Bartheke stand sie und wiederholte, den Kopf leicht zur Seite geneigt, die Frage, ob alles in Ordnung sei. Ihre Stimme gefiel mir. Schon im Zug hatte ich gedacht, dass ich ihr lange zuhören könnte, zumal ihr Deutsch etwas Gedehntes besaß.

Vor dem Restaurant stand eine riesige Blechtafel, auf der mit schwarzen Buchstaben die Tagesangebote angekündigt wurden. Ich stieg die breiten Steintreppen hinunter und spürte im selben Moment, dass ich Hunger hatte. Am liebsten hätte ich einen Teller mit Nudeln und Fleisch gegessen, dazu einen kräftigen spanischen Rotwein getrunken. Mein Hunger war seit jeher der Gradmesser meiner Stimmung. Wenn es mir schlecht ging, entwickelte ich einen Appetit, der geradezu etwas Manisches an sich hatte. Je heißer, würziger und dampfender die Mahlzeiten dann waren, die ich verdrückte, desto energischer wurde mein Widerstand gegen die auf mich einstürmenden Dinge.

In dem Restaurant waren nur wenige Tische besetzt. Weder die künstlichen Fackeln noch die grünen Lämpchen an der Bar waren in Betrieb. Ein weißes, an eine studentische Mensa erinnerndes Licht leuchtete das Lokal aus. Ein älterer Kellner kam auf mich zu und führte mich zu einem der kleineren Tische in den Nebengewölben. Ich fragte nach Lidia. Der Kellner nickte und forderte mich auf, am Tisch zu warten. Auf der Speisekarte waren alle Gerichte in mehreren Sprachen aufgeführt. Eifrig verglich ich die Übersetzungen und fragte mich, was man wohl in diesem Land dafür bezahlt bekam, wenn man eine Speisekarte übersetzte.

Ich hatte mich soeben entschieden, einen Sauerbraten mit in Sesamöl gewendeten Salzkartoffeln zu essen, als Lidia am Tisch erschien. Sie hatte einen schwarzen Rollkragenpullover an, auf dem sie eine silberne Kette mit einem roten Korallenstein trug.

»Ich habe schon gehört, dass Sie immer noch nach dem Jungen suchen. Klimas Kontakte scheinen nicht reibungslos zum Erfolg zu führen.«

»Offenbar weiß in dieser Stadt jeder über jeden Bescheid.«

Lidia lachte.

»Nein, nein. Sie sind nur zufällig in einen Kreis von Menschen geraten, die sich mehr oder weniger kennen. Keine Sorge, es gibt keine verschworenen Gemeinschaften, nur ganz banale Verbindungen.«

»Haben Sie Zeit, etwas zu essen?«

»Nein, ich muss arbeiten. Aber wenn Sie die Mittagszeit abwarten können, würde ich Sie gerne später sehen.«

»Samuel will nach Warschau. Er war heute Nacht bei einem deutschen Lehrerehepaar. Da ist er gegen neun Uhr verschwunden. Ich fürchte, er sitzt jetzt schon im Zug.«

»Geld dafür hätte er?«

»Leider ausreichend.«

»Er scheint ziemlich gewitzt zu sein, dass er sogar Klimas Kontrolle entwischt.«

»Er darf auf keinen Fall nach Warschau fahren.«

»Ich habe Verwandte in Warschau. Sie könnten hinfahren, sie besuchen und sich die Stadt ansehen.«

»Sie nehmen mich nicht ernst.«

»Aber natürlich. Ich nehme Sie vollkommen ernst. Ich bitte Sie, er ist bis jetzt durchgekommen, er wird es auch weiter schaffen. Sie tun gerade so, als ob er in eine Schlangengrube gefallen wäre.«

»Er ist noch minderjährig. Sie nehmen die Sache wirklich nicht ernst.«

»Nein, ich kenne nur diese seltsame Nervosität, die Ausländer in unserem Land überfällt. Hinter jeder Ecke wittern sie einen Abgrund.«

Sie drehte sich um und ging in Richtung Küche. Ihre roten Haare trug sie wieder offen. Sie schien es zu genießen, dass ich sie nicht verstand.

Nach dem Essen trank ich an der Bar einen Wodka und wartete darauf, dass Lidia erschien. Der Wodka pumpte Wärme in meinen Körper; wie ein weiches, großes Kreisen floss der Alkohol ins Blut.

»Kommen Sie, wir machen einen kleinen Spaziergang.«

Ich hatte Lidia nicht gehört und schreckte auf.

»Einen Spaziergang?«

»Ja, los, kommen Sie. Wir gehen in die Richtung. Ich muss mein Fahrrad abholen; ich habe es einer Freundin ausgeliehen, und sie hat vergessen, es mir zurückzugeben.«

»Lidia, ich habe schon genug Zeit verloren. Ich muss den Jungen finden. Wahrscheinlich ist er jetzt schon auf dem Weg nach Warschau.«

»Sollen wir uns also mehrere Stunden auf eine Polizeiwache setzen und dort die Zeit vertrödeln? Das ist nicht Ihr Ernst. Ich mache Ihnen einen anderen Vorschlag. Wir holen das Fahrrad, genießen unterwegs die Sonne und überlegen das Ganze in Ruhe.«

Lidia führte mich durch mehrere Seitenstraßen auf den Marktplatz, wo die Tuchhallen wie ein in die

Länge gezogener Renaissancepalast in der Sonne lagen. Hunderte Tauben bewegten sich wie ein grauweißer, sich immer wieder öffnender und schließender Teppich über den Platz. Ihr Gurren schien wie aus einem einzigen, voluminösen Kropf zu kommen, ein dichtes, gelassen zwischen den Füßen der Passanten waberndes Geräusch, das zu der eigentümlichen Ruhe passte, die auf dem Platz herrschte.

Trotz der vielen Menschen gab es keine Hektik. Tische wurden herausgetragen, Rechnungen gestellt, das Geschirr blieb so lange stehen, bis sich ein neuer Gast blicken ließ. Die Vermeidung von Lärm als Prinzip, dachte ich, wäre eine Philosophie, der ich unbesehen zustimmen könnte.

Ich ging neben Lidia über den Platz und hatte das Gefühl, schon die gleichmütige Schrittfolge zu beherrschen, mit der sie sich bewegte. Lidia drehte sich zu mir um und sagte lachend, ich solle um Gottes willen niemals behaupten, mich erinnere die Stadt an Italien. Nur keine Vergleiche mit etwas anderem. Sonst, meinte sie spöttisch drohend, werde sie mir bei jeder nur denkbaren Gelegenheit sagen, dass sie in Deutschland alles an Deutschland erinnere.

Als wir in eine der Straßen einbogen, die strahlenförmig vom Markt abzweigten, stieß mich Lidia an und zeigte auf eine Gruppe von Menschen, die vor dem Eingang der den Platz bestimmenden Marienkirche standen.

»Kennen Sie ihn?«

»Das ist doch Sowa.«

»Ja, der sogenannte Historiker Sowa. Er hat nie eine Universität von innen gesehen. Man kann ihm aber nicht absprechen, dass er ein enormes Wissen besitzt. Ich sehe ihn hier mindestens zweimal in der Woche. Am Morgen fährt er mit den Gruppen in die Lager, am Nachmittag zeigt er ihnen die Innenstadt, und am Abend werden sie zu teurem Essen nach Kazimierz ins jüdische Viertel ausgeführt. Ich wundere mich nur, dass er es nicht langsam satt hat, immer dieselbe Tour zu unternehmen.«

»Ich mag ihn ehrlich gesagt nicht.«

»Darin liegt sein Geheimnis. Keiner mag ihn angeblich, aber jeder weiß etwas Spezielles über ihn. Das ist typisch für Klimas Leute. Er scheint sie sich nach dieser Eigenschaft auszusuchen.«

Sowa blickte zu uns herüber und nickte in Lidias Richtung, während er weiter auf die Leute einredete. Wie ein misstrauischer Verwandter schien er sich darüber zu wundern, dass ich sie begleitete.

»Woher kennen Sie ihn?«

»Sie stellen eindeutig zu viele Fragen.«

Das Haus, in dem die Freundin wohnte, befand sich in einem Hinterhof, der sich in eine schattige und eine vom Sonnenlicht bestrahlte Seite aufteilte. Lidia bat mich, kurz zu warten. Sie verschwand in einem der Aufgänge. Ich zündete mir eine Zigarette an und winkte einem Kind zu, das hinter einer Gardine stand und mich beobachtete. Als Lidia wieder auftauchte, hielt sie einen kleinen Schlüssel schüttelnd nach oben.

»Kommen Sie, dort hinten steht das Rad.«

Wir passierten einen weiteren Durchgang und kamen in einen Nebenhof mit zwei Bäumen, deren Grün von der Hausmauer eigentümlich abstach. Lidia schloss das Rad auf, ein gelbes Fahrrad mit fleckigen Rostspuren auf den Felgen.

»Nun bringe ich Sie ins Hotel.«

»Mit dem Fahrrad?«

»Natürlich, setzen Sie sich hinten drauf.«

»Wir werden todsicher umfallen. Soll ich nicht besser fahren?«

»Trauen Sie mir nicht zu, dass ich Sie chauffiere?«

»Ehrlich gesagt nein.«

Sie schob das Fahrrad aus dem Hof hinaus auf die Straße, schloss die Augen und hielt das Gesicht in die Sonne. Das Licht fuhr durch ihre Haare wie durch ein Dickicht. Ich setzte mich auf den Gepäckträger und hielt mich an ihren Hüften fest. Sie trat kräftig in die Pedalen und lachte.

»Wissen Sie, ich glaube, Sie waren in Ihrem Leben noch nicht viel unterwegs. Habe ich Recht?«

»Kommt darauf an, was Sie darunter verstehen. Aber im Grunde stimmt es. Ich verlasse nicht so gern die Orte, an denen ich mich wohlfühle. Langsam beschleicht mich das Gefühl, ich bin der zwölfjährige Junge, der die Dinge etwas konfus sieht.«

»Mit dem Gefühl liegen Sie vielleicht gar nicht falsch.«

»Warum?«

Lidia sagte etwas, aber ich verstand sie nicht, weil nun die Straße etwas abschüssig wurde und das Fahrrad an Geschwindigkeit gewann. Es schien ihr Spaß zu machen, mit mir auf dem Gepäckträger durch die Straße zu sausen, vorbei an alten Villen und Vorgärten, durch die schattige Gasse neben dem Theater hinein in den Park in der Nähe des Bahnhofs, wo eine Gruppe Peruaner auf ihren Panflöten spielte. Einige Leute sahen uns nach.

Als wir vor dem Hotel angekommen waren, wischte

sie sich mit dem Handrücken den Schweiß von der Stirn. Ich stieg ab, stopfte mein herausgerutschtes Hemd wieder in die Hose und bedankte mich. Lidia wendete das Fahrrad und sagte:

»Was wollen Sie jetzt wegen des Jungen unternehmen?«

»Ich weiß es nicht. Offensichtlich war es mein Fehler, mich in eine Frau zu verlieben, die ein starrköpfiges Kind hat, und noch schlimmer, mich von dieser Frau zu einer Reise überreden zu lassen, auf der ich mich mit meinen Befürchtungen komplett lächerlich mache.«

»Warum sagen Sie so abfällig ›diese Frau‹, wenn Sie sie lieben?«

»Ich weiß nicht, ob ich sie liebe.«

»Das kommt mir bekannt vor. Kaum stellt sich eine kleine dunkle Wetterlage ein, schon fließt Wasser über das Haus der Liebe.«

»Ins Haus der Liebe, wenn schon.«

»Wie bitte?«

»Es heißt ins Haus, nicht übers Haus, wenn Wasser irgendwo eintritt.«

»In Ihrer Sprache gibt es so schöne Wörter wie altklug oder Besserwisserei.«

Ich hatte plötzlich das Gefühl, dass meine Bemerkung schäbig gewesen war.

»Entschuldigen Sie, das war dumm. Ich bin ziemlich aufgekratzt wegen des Jungen.«

Lidia sah mich freundlich an.

»Es ist heute eine so herrliche Sonne. Warten Sie noch einen Tag, ob Klima etwas erreicht, dann gehen Sie zur Polizei. Wenn Sie Hilfe brauchen, Sie wissen ja, wo Sie mich finden.«

Sie setzte sich auf das Fahrrad und fuhr in Richtung Marktplatz. Ich ging ins Hotel und merkte, dass mein Hemd mir wie eine zweite Haut auf dem Rücken klebte.

20.

Als ich das Hotelfoyer betrat, winkte mir die Frau hinter der Rezeption zu. Eine Nachricht von Predotta sei eingetroffen. Sie reichte mir einen Zettel, auf dem die Uhrzeit seines Anrufs und sein Name notiert war. Ich hatte keinen Zweifel, dass er Anna immer noch nichts von dem Verschwinden Samuels gesagt hatte. Und insgeheim drückte ich mich selbst vor der Antwort auf die Frage, warum ich sie nicht endlich zu erreichen versuchte.

Während ich den Schlüssel von der Theke nahm, sagte die Frau, es habe noch jemand für mich angerufen, ohne seinen Namen zu nennen. Sie glaube, es sei der Junge gewesen. Er habe gesagt, er werde sich noch einmal melden. Auf Nachfragen, von wo aus er anrufe, habe er nicht geantwortet. Sie habe versucht, ihm eine Antwort zu entlocken, aber es sei nichts zu machen gewesen. Schließlich habe der Junge aufgelegt.

»Konnten Sie auf dem Display sehen, ob er aus der Stadt angerufen hat?«

Die Frau verstand nicht, was ich meinte. Ich ging in die Telefonkabine und wählte eilig Predottas Nummer. Seine Sekretärin sagte mir, dass er nicht in der Universität sei, jedoch am Abend noch einmal ins Büro komme. Dann sagte sie, fast flüsternd, er habe vor, nach Polen zu fahren, sie solle es allerdings nicht erzählen.

Ich bat die Frau an der Rezeption, mich sofort zu holen, wenn sich der Junge wieder melde.

Ich würde nun einfach warten.

Das Zimmer war angefüllt mit einer schattigen Kühle. Ich legte mich aufs Bett und versuchte, nachzudenken. Ich sah Samuel vor mir, in einer Telefonzelle stehend, seinen Rucksack zwischen die Beine geklemmt. Rings um die Zelle befand sich ein strohfarbenes Gelände, Felder; ein riesiger greller Himmel breitete sich über der in der Einöde stehenden Telefonzelle aus. Samuel lachte, als er die Nummer wählte. Er war bester Laune. Er plapperte plötzlich wieder ungehemmt drauflos. Er sagte, dass man Entfernungen nicht unterschätzen solle. In Samuels Stimme mischte sich die von Predotta, Ermahnungen, Hinweise, Ratschläge, ein schweratmiges Sprechen. Schließlich tauchte Lidias Gesicht auf, die geschlossenen Augen, die funkelnde Sonne in ihren Haaren, die Mauern des Hofes im Hintergrund.

Kurze Zeit später meldete sich die Frau von der Rezeption und sagte aufgeregt, ich solle sofort kommen, der Junge sei am Apparat.

»Samuel? Bist du es?«

Seine Stimme klang weit entfernt. Ständig ging ein Knacken durch die Leitung. Anfangs verstand ich kaum ein Wort von dem, was er sagte.

»Es ist alles in Ordnung. Ich wollte dir nur sagen, dass ich dir nicht mehr böse bin.«

Er sprach ruhig und ohne ein erkennbares Zeichen von Aufregung.

»Glaub mir, ich habe von dem Theater nichts gewusst. Ich war der festen Überzeugung, wir säßen diesem Schriftsteller gegenüber. Wahrscheinlich hast du geglaubt, ich hätte das mit Predotta abgesprochen. Du musstest es ja glauben, aber ich wusste es wirklich nicht. Wo bist du jetzt?«

»Vielleicht wollte ich den Schriftsteller gar nicht sehen. Es ist mir im Moment auch ziemlich egal. Ich bin hier in einem Dorf bei Leuten, irgendein Name mit ›Rawi‹ am Anfang. Ich habe ihnen gesagt, dass ich unterwegs nach Warschau bin. Da will ich auch wirklich hin. Was hältst du davon, wenn wir uns in Warschau treffen?«

»Das finde ich eine gute Idee. Aber hast du noch genügend Geld? Und wo sollen wir uns in Warschau treffen?«

»Ich komme durch, kein Problem. Ich habe dort eine Adresse. Ich habe jemanden gefunden, der mich mitnimmt. Mach dir keine Gedanken. Wir sehen uns in Warschau.«

»Wo in Warschau?«

Ich hörte es nochmals knacken, dann war die Leitung tot. Entweder hatte er aufgelegt, oder die Verbindung war unterbrochen worden. Ich sagte noch einige Male seinen Namen in die Stille. Samuel hatte so getan, als wäre er schon etliche Male in diesem Lande gewesen und als sei ein Treffen in der Hauptstadt in keiner Weise verabredungsabhängig. Dennoch schien er so etwas wie einen Plan zu haben, wie wir uns finden könnten, als ob er mir eine Aufgabe gestellt hätte. Ich war fest entschlossen, diesem im Moment für mich unergründlichen Plan auf die Schliche zu kommen.

Ich legte den Hörer auf und sah in das fragende Gesicht der Frau hinter der Rezeption.

»Nun hat die Sache doch ein gutes Ende gefunden, oder?«

Ich nickte ihr zu und zündete mir eine Zigarette an. Der Ort, der mit »Rawi« anfing, ging mir durch den Kopf. Vielleicht war es möglich, den Jungen dort noch zu erreichen, bevor er weiterfuhr. Ich sah auf die Uhr. Es war kurz nach vier Uhr nachmittags. Heute würde er sicher nicht mehr aufbrechen. Im Grunde, dachte ich, hatte sich nichts verändert. Ich wusste genauso-viel oder -wenig, wo ich Samuel finden würde, wie zuvor. Aber seine feste, helle Stimme zu hören, hatte mich beruhigt. Ich hatte Lust, Lidia die Neuigkeit zu erzählen. Wahrscheinlich war sie ins Kellerrestaurant zurückgekehrt.

Ich verließ das Hotel und nahm den Umweg über den Marktplatz zu Klimas Agentur. Die Häuser wurden bereits von einem matteren Licht angestrahlt. Ich erinnerte mich daran, dass ich im Sommer manchmal in Berlin mit dem Fahrrad zu einer Siedlung außerhalb der Stadt gefahren war, wo es einen Platz gab, auf dem man sitzen, Backgammon spielen und in die umliegenden schmalen Straßen sehen konnte, an deren Ende ein Vorstadtfluss zu sehen war. In einer Schleife umfloss er die Siedlung, und die steil abfallenden Straßen führten wie steinerne Bootstege zum Ufer. Ich fuhr gern dorthin. Die Großstadt Berlin schrumpfte hier auf einen struppigen Dorfkern zusammen, in dem neben Bäumen, Tankstellen, Ladenschaufenstern (gelbe Gardinen und Büchsenfleisch in der Auslage) eben auch ein Fluss zu bewundern war, der zu dem Backgammontisch wie ein Anachronismus hinüberblinzelte. Anna hatte zu mir gesagt, ich sei ein heilloser Romantiker, dass ich für diesen Anblick so eine lange, umständliche Fahrt in Kauf nahm, statt mich am Wochenende, wie jeder normale Mensch, in eines der Cafés in unserem Viertel zu setzen.

Über den Krakauer Marktplatz gehend, dachte ich, dass die schwerfällige Weichsel zwar nicht am Ende der Straßen zu sehen war, aber der Platz doch auf eigenartige Weise mit dem Fluss in Verbindung stand. Wie in einem höflichen Ausweichmanöver machte er einen Schlenker in der Stadt, schien Luft zu holen, um dann träge weiter durch Polen zu fließen, durch dieses Land, das ich mir seit Samuels Anruf heller und luftiger vorstellte.

In der Straße, in der sich Klimas Agentur befand, hockte vor einer Haustür ein Mann auf einem Kissen und rauchte. Er fragte mich etwas, was ich nicht verstand. Darauf lächelte er und meinte auf Englisch, ich solle nicht so schnell laufen, *slowly, man.*

In diesem Moment erschien mir der Mann mit dem Tabakbeutel, dessen Cellophanhülle er in den Händen knistern ließ, wie eine leibhaftige Erscheinung oder zumindest ein Gruß meines so sträflich vernachlässigten Boswells. *So möchte ich leben, wenn ich meine Reisen hinter mir habe.* So – das hieß in dem Augenblick: dasitzen wie jener Mann, den erreichbaren Genüssen hingegeben, freundlich und weit entfernt von innerer Nervosität. Ich dachte daran, dass ich an Boswell und an meiner Arbeit einiges gutzumachen hatte. Zugleich überfiel mich ein großes Verlangen nach Lidia. Hatte ich so ein Gefühl jemals gegenüber Anna besessen? Ich wollte darüber nicht nachdenken.

Klimas Agentur war hell erleuchtet. Vom Band waren scheppernde Orgelklänge zu hören, die, sobald die Tür nach draußen aufging, dröhnend wurden. Ich sah durch die Glasscheiben eine Versammlung von Menschen. Einige hielten Gläser in der Hand und hatten bereits hochrote Köpfe. Klima in seinem schwarzen Anzug drehte sich zwischen den Leuten, prostete ihnen zu, lachte und tätschelte den Kopf eines Mädchens, das zwischen den Erwachsenen herumrannte. Mir war nicht klar, was die Orgelmusik bedeuten sollte. Ich öffnete die Tür. Julian und Bartek lehnten an der Wand und sahen dem Treiben zu. Als Julian mich entdeckte, kam er lachend zu mir und gab Bartek ein Zeichen.

»Du kommst gerade recht. Heute ist hier eines von Klimas Hausfesten. Du wirst staunen.«

»Ich wollte eigentlich zu Klima, um etwas zu besprechen. Es ist wichtig.«

»Später, später. Komm und trink erstmal etwas.«

Julian goss mir ein Glas Sekt ein und drückte es mir in die Hand. Bartek legte seine Hand auf meine Schulter und nickte mir mit geschlossenen Augen zu, als wollte er sagen, ich sehe schon, es ist alles in bester Ordnung.

Nun hatte mich auch Klima entdeckt. Er war augenscheinlich skeptisch, was mein Erscheinen bedeuten sollte, gab sich jedoch Mühe, seine überlegene Gutmütigkeit beizubehalten.

»Sieh an, unser junger Freund. Das ist etwas Besonderes, was du jetzt miterleben wirst. Ein außergewöhnlicher Bestandteil meiner Arbeit.«

»Samuel hat angerufen. Er steckt in irgendeinem Dorf, das mit ›Rawi‹ beginnt. Ich wollte dich bitten …«

»Darüber reden wir später, erst feiern wir ein bisschen.«

Klima drehte sich um und lief zielstrebig zu den hinteren Räumen. Ich ärgerte mich, dass ich ihm nicht deutlich machen konnte, wie wichtig es war, dass ich so schnell wie möglich mit Bartek aufbrach. Vielleicht, dachte ich, wäre es ratsamer, am Bahnhof nach Zügen zu sehen und auf eigene Faust nach Warschau aufzubrechen. Aber wie sollte ich Samuel allein in dieser Millionenstadt finden; würde ich nicht noch mehr Zeit verlieren?

Die Menschen steuerten nun alle langsam auf den Gang zu. Julian stand dicht hinter mir und sagte, ich solle mir keine Sorgen machen, Klima werde schon noch Zeit für mich finden und mir helfen. Er liebe es, die Leute ein bisschen hinzuhalten. Ich war unschlüssig, ob ich mich darauf einlassen sollte. Immerhin hatten Klimas Leute Samuels Aufenthalt bei Gerster ausfindig gemacht. Aber nun war er bereits aus der Stadt verschwunden und auf dem Weg in die Hauptstadt. Reichten Klimas Fäden so weit?

In einem großen Raum im hinteren Teil der Agentur standen Tische mit Gläsern; an der Decke hing eine riesige japanische Papierlampe. Um mich herum hörte ich Gespräche, Gelächter. Die Leute waren in einer feierlichen und zugleich ausgelassenen Stimmung.

An der Stirnseite des Raums saß erhöht in einem mächtigen prunkvollen Stuhl ein alter, gebeugter Mann, der ganz in Weiß gekleidet war und auf seinem Hinterhaupt eine weiße Kappe trug. Wie der originale polnische Papst residierte der Alte dort. Obgleich er wesentlich jünger und gesünder wirkte als sein Vorbild in Rom, erstaunte die Ähnlichkeit. Seine Gesichtszüge glichen denen des richtigen Papstes aufs Haar. Wie er sich milde zur Seite lehnte, die Hände ineinander verschränkte, wenn ihn jemand ansprach. Wie er die Schultern krümmte und mit dem Kopf leicht nach vorn schaukelte. Hatte Klima nicht gesagt, sein Papstdoppelgänger sei kein Schauspieler? Wie konnte ein Mann, der durch Zufall so aussah wie der Papst, solche Effekte erzielen? Ich drehte mich zu Julian um und sah, dass er mit einem gewissen Stolz das Doppelgängertheater verfolgte.

»Keine Angst, hier wird keine katholische Zeremonie nachgespielt. Es geht nur um die Freude an der Ähnlichkeit.«

Einige der Gäste fotografierten den Mann. Andere postierten sich neben ihm, um auf den Bildern zu erscheinen. Plötzlich brach die Orgelmusik ab. Der freundliche Alte erhob sich und ging mit würdigen Schritten durch den Saal. Ein Tischchen wurde ihm entgegengerollt, auf dem eine Kerze stand. Umständlich hantierte er an einer Streichholzschachtel herum. Dann flammte das Streichholz auf, und er entzündete majestätisch die Kerze. Er blickte in die Gesichter der Menschen, lächelte, sagte ein paar Worte in der anderen Sprache und breitete die Arme aus. Die Leute klatschten; das Tischwägelchen wurde wieder weggefahren. Julian flüsterte mir zu, er habe gesagt, er wolle die Menschen umarmen, auf dass sie Frieden hätten; das sei ein Ritual, damit die Leute wüssten, die offizielle Vorführung ist eröffnet.

Der Papst nahm den Beifall entgegen und begab sich in die Menge. Er führte Gespräche mit Leuten, die er kannte, gestikulierte bedächtig. Auf seiner Brust schaukelte ein riesiges goldenes Kreuz. Als er in meine Nähe kam, roch ich, dass er ein scharfes, nach Amber riechendes Parfüm verwendete. Ob der echte Papst oder seine Kardinäle Parfüm benutzten? Mit dem Anblick kirchlicher Würdenträger verband ich nur den schweren, beißenden Geruch von Weihrauch.

Plötzlich stand dieser seltsame Papst vor mir, blickte mir in die Augen, lächelte und drückte mir vorsichtig die Hand. Er beugte seinen Kopf leicht nach vorn, murmelte etwas auf Polnisch, wobei seine Stimme ihren sonoren, weichen Klang hören ließ, und erwartete offenbar eine Antwort. Ich sagte, überrascht, von ihm angesprochen zu werden:

»Danke.«

Im selben Moment wunderte ich mich darüber, warum ich das sagte. Eine kurze Stille entstand. Der Mann lächelte mich weiter an. Ich sah in diesem Blick auf einmal den Blick eines alten, etwas überforderten Menschen, der sich ganz auf seine Freundlichkeit verließ.

Er legte mir die Hand auf die Schulter und umarmte mich, seine heiße Wange ruhte für einen Moment an meiner, dann wandte er sich ab.

Als man ihm ein Glas Sekt reichen wollte, schob er es sanft von sich. Ich beobachtete, wie er immer wieder den Blickkontakt mit Klima suchte, der, in Gespräche vertieft, ebenfalls seinen Doppelgänger nie aus den Augen ließ, ihm zunickte, ihn ermunterte und mit Anerkennung versorgte. Ein Mädchen lief zu dem Alten hin und ergriff seine Hand. Der Vater drängte sich nach vorn, hob seine Kamera hoch und ließ unzählige Male das Blitzlicht aufflackern.

Klima hielt nun seine Begrüßungsrede. Sein Polnisch klang anschmiegsam. Julian übersetzte mir, was er sagte. Im Grunde war es der übliche Sermon: die Erfolge seiner Agentur, Schmeicheleien gegenüber den Gästen, die Chancen der neuen Zeit. Während des Redens nestelte er an seiner Brille, die ich das letzte Mal während seines Auftritts als Schriftsteller im Café Vera gesehen hatte. Alles an ihm schien aus Accessoires zu bestehen, deren Wirkung er wie einen präzisen Mechanismus berechnete. Selbst der Kugelschreiber, mit dem er sich Adressen und Anfragen notierte, machte den Eindruck einer Requisite – auf dem schwarzen Lack war mit Goldlettern sein Name eingraviert.

Die Leute klatschten nun Klima zu. Die Orgelmusik setzte wieder ein. Es wurden neue Tabletts mit Sektgläsern in den Saal gebracht. Der Papst begab sich zu einem Tisch, auf dem lauter Postkarten mit seinem Konterfei lagen. Julian flüsterte mir ins Ohr, der Mann verdiene an diesem Abend mehr Geld als in einem ganzen Monat mit seinem normalen Beruf. Klima reichte ihm einen Filzstift und ermunterte die Gäste, sich ein Autogramm geben zu lassen. Durch die Fensterscheiben sah man, dass einige Leute nach draußen gegangen waren und dem Treiben in der Agentur von dort aus zusahen.

Ich ging zu Klima und sagte, dass ich wirklich dringend mit ihm reden müsse. Unwirsch trat er mit mir zur Seite.

»Was gibt es denn? Ich denke, der Junge hat sich gemeldet.«

»Ja, er rief aus einem Dorf an, das mit ›Rawi‹ beginnt.«

»Du bist lustig. Es gibt viele Dörfer, die so anfangen, ganz davon abgesehen, dass der Junge wahrscheinlich nur glaubt, dass es so lautet.«

»Ich brauche Bartek noch einmal. Ich will versuchen, den Jungen heute Nacht noch zu finden, ehe er morgen nach Warschau abreist.«

»Ausgeschlossen. Bartek ist heute vollkommen eingespannt. Es gibt nachher noch ein großes Bankett mit wichtigen Gästen. Die müssen gefahren werden. Ich kann ihn nicht entbehren.«

»Vielleicht hast du noch einen anderen Fahrer, der sich hier auskennt.«

»Ah, du hast die Anredeform begriffen. Nein, ich habe niemanden, der für dich in Frage käme.«

»Klima, in den nächsten Tagen wird Predotta hier eintreffen, dem kannst du meinetwegen gerne eine saftige Rechnung präsentieren. Ich möchte, dass du mir hilfst.«

»Predotta kommt? Das ist nicht dein Ernst?«

»Ich habe es zufällig erfahren. Ich habe ihn nicht herbestellt.«

Klimas Gesicht verwandelte sich zu einer abweisenden, kalten Maske. Er fuhr sich mit der Hand über den Hals und knetete sein Kinn.

»Es tut mir leid, ich kann dir nicht helfen. Solltest du Predotta sprechen, sag ihm, dass ich ihn nicht sehen möchte. Wir haben alles Nötige am Telefon besprochen. Ich habe ihm nichts mehr zu sagen.«

Klima ließ mich stehen. Ich war wütend. Bartek zuckte bedauernd mit den Schultern und folgte Klima; selbst in seinem Anzug wirkte er so, als ob er eine Lederjacke trüge. In diesem von murmelnden Stimmen und Gläserklappern erfüllten Raum schien sich lediglich Julian noch für mich zu interessieren. Ich steckte mir eine Zigarette in den Mund. Julian gab mir Feuer.

Du musst schleunigst die Agentur verlassen, schoss es mir durch den Kopf. Julian sagte, als hätte er meine Gedanken erraten: »Ärgere dich nicht. Meine Schwester hat ein Auto. Ich werde sie fragen, ob wir es haben können. Kannst du fahren?«

»Ja.«

»Ich habe hier ohnehin nichts mehr zu tun.«

Julian wandte sich sofort zum Gehen und forderte mich auf mitzukommen. Er wohne nicht weit von hier. Seine Schwester sei sicherlich zu Hause. Während wir durch die Straßen liefen, sagte er, dass er sich heute zum ersten Mal auf einem Agenturfest gelangweilt habe. Er sei früher wie verzaubert gewesen von den vielen Leuten und von dem irrwitzigen Spaß, der in den Kostümen und Rollen liege. Vielleicht habe er das Fest diesmal mit meinen Augen gesehen.

»Du weißt nicht, wie ich es gesehen habe.«

»Ich habe einfach das Gefühl, dich zu kennen. Als ob wir schon eine viel längere Zeit miteinander verbracht hätten, als es wirklich der Fall ist.«

»Eigentlich habe ich das Fest lustig gefunden. Wann sieht man schon mal jemanden, der dem Papst gleicht wie einem Zwillingsbruder?«

Wir überquerten die Straße, und ich sah in den dunklen Hofeingang, aus dem Lidia mit mir herausgefahren war. Die Geräusche der Fernsehapparate hinter den geöffneten Fenstern drangen auf die Straße. Jungs auf knatternden Mopeds fuhren an uns vorbei. Im Gehen sagte ich zu Julian, dass ich ihm dankbar sei.

21.

Als Julian die Wohnung aufschloss, entdeckte ich an der Garderobe Lidias Jacke. Sie kam aus ihrem Zimmer und sah mich erstaunt an.

»Was machen Sie hier?«

»Sie sind Julians Schwester?«

Julian beobachtete uns, dann lachte er.

»Klima scheint es immer wieder zu schaffen, die Menschen einander nahe zu bringen.«

Er legte seine Tasche ab und ging in die Küche. Er kam mit drei Büchsen Bier in der Hand wieder und schlug vor, im Wohnzimmer zusammen ein Bier zu trinken und Lidia nach dem Auto zu fragen. Ich merkte, dass er nun, wo er wusste, dass seine Schwester und ich uns kannten, noch mehr Spaß an der Sache bekam. Er legte eine Lauryn-Hill-CD ein und warf sich auf die Couch.

»Lidia, wir brauchen deinen Wagen. Der Junge sitzt in irgendeinem Dorf außerhalb der Stadt, und unser deutscher Freund will da heute noch hin.«

»Du hast keinen Führerschein.«

»Er hat einen.«

Ich trank das Bier und erzählte Lidia von Samuels Anruf und Klimas Reaktion in der Agentur. Sie zögerte einen Augenblick, dann sagte sie, sie werde mitfahren.

Sie ging in ihr Zimmer, um einige Sachen zu packen. Auf Polnisch rief sie Julian etwas zu. Er stand auf und folgte ihr. Ich trank das Bier aus und sah mich im Zimmer um. An der Wand hing ein Plakat von einem Filmfestival, darunter fächerte eine Palme ihre breiten, fleischigen Blätter auf. Überall lagen Zeitschriften und Fotografien herum. Lidia steckte ihren Kopf ins Zimmer:

»Hören Sie zu, ich glaube, ich weiß, welches Dorf er meinen könnte. Wir fahren zu unseren Eltern und schlafen dort. Auf dem Weg dorthin kommen wir durch das Dorf. Aber ich muss ohnehin zu meinen Eltern. Ich nehme Sie also lediglich mit, verstehen Sie?«

»Ich verstehe.«

»Denken Sie nicht, dass wir hier kopfstehen nur wegen Ihrer Angelegenheiten. Ich habe keine Samariterseiten in mir.«

»Warum sind Sie plötzlich so aggressiv?«

»Das ›Sie‹ können Sie ruhig endlich mal weglassen. Diese Form von Höflichkeit ist mindestens genauso aggressiv.«

Als Lidia den Fiat aus der Garage fuhr, dachte ich, dass ich mit Anna nie in einer solchen Weise gesprochen hatte wie mit ihr. Ihre undurchschaubare Gereiztheit, von der man nicht wusste, wie ernst man sie nehmen sollte, forderte mich heraus. Hätte ich mit Anna so geredet, wäre sie höchstwahrscheinlich gekränkt gewesen. Ohne Streit hätte sie sich zurückgezogen, traurig über die unfaire Behandlung. Überhaupt war der Begriff Fairness etwas Wichtiges für Anna, was ich nie verstand und was ich unmöglich mit der Leidenschaft in Verbindung bringen konnte, mit der ich sie zu Beginn unserer Liebe begehrt hatte. Bei Lidia hingegen war die Spannung etwas Belebendes. Fast steckte ein Lächeln dahinter. Ein Spiel, in dem man aufpassen musste.

Wir fuhren aus der Stadt hinaus. Lidia schaltete das Radio an und sagte, sie würde jetzt schrecklich gern ein Lied von Marla Glen hören.

»Dir gefällt Marla Glen?«

»Ja, ich finde ihre Stimme wunderbar. Manchmal ist sie wie ein hartes, polterndes Dröhnen und dann wieder ganz sanft.«

Julian, der hinten im Wagen saß, beugte sich nach vorn und hielt sich mit den Händen an den Kopfstützen der beiden Sitze fest.

»Sie ist nicht unbedingt jemand, bei der ich im Auto laut mitsingen würde.«

»Ich singe nie laut mit.«

»Nein, du klopfst stattdessen mit den Händen wie eine Irre auf dem Lenkrad herum.«

Lidia lachte und stieß mich leicht in die Seite.

»Und was hörst du gern?«

»Die Chansons von Jane Birkin. Aber eigentlich nur am Morgen, wenn ich arbeite.«

Draußen glitten die Außensiedlungen der Stadt vorüber. Der Himmel war sternenklar und überzogen mit einem kühlen, vorsommerlichen Leuchten, das ich aus Gegenden am Meer kannte. Lidia bog in die Autobahnzufahrt ein. Für einen kurzen Moment hatte man einen Blick über die gesamte Stadt; ich erkannte einige Kirchtürme, denen ich aber keine Namen zuordnen konnte. Ich streckte die Beine aus und lehnte den Kopf ans Seitenfenster. Ich hoffte, die Fahrt würde lange dauern.

»Warum nur am Morgen?«

»Weil ich dann das Gefühl habe, dass Musik etwas sehr Nützliches ist.«

»Das ist ein typisches Wort in deiner Sprache – nützlich. Ich höre Musik, wenn ich einfach glücklich sein möchte.«

»Ich verdiene mir mein Geld damit, Bücher zu übersetzen. Und wenn ich die Stimme der Birkin höre, geht es einfacher. Mir fallen schneller Sätze ein. Ich fühle mich leichter. Meine Laune steigt. Auf die Weise hilft mir die Musik, wenn es dir so lieber ist.«

»Was für Bücher übersetzt du eigentlich?«

»Englische. Alte, neue. Aber am liebsten Bücher aus dem achtzehnten Jahrhundert.«

»Das habe ich noch nie gehört, dass jemand Bücher aus dem achtzehnten Jahrhundert besonders mag. In der Schule mussten wir einmal Gedichte von einem polnischen Dichter aus dieser Zeit lesen. Ich wäre beinahe gestorben vor Langeweile.«

»Du kennst vielleicht die guten Bücher aus der Zeit nicht.«

»Ist es nicht merkwürdig, dass Samuel sich für die Zukunft interessiert und du der Vergangenheit nachhängst?«

»Darüber habe ich noch nicht nachgedacht.«

»Im Grunde nehmt ihr Schriftsteller viel zu wichtig. Wir haben hier auch eine hohe Meinung von den Dichtern, aber niemand würde auf die Idee kommen, Wallfahrten zu ihnen zu veranstalten.«

Julian beugte sich wieder nach vorn.

»Außer Klima. Wenn er jemand finden würde, der einem bekannten Dichter ähnelt, würde er schon dafür sorgen, dass die Leute zu seinem Doppelgänger pilgern.«

»Mag sein. Aber dann dürfte der Doppelgänger um Gottes willen nicht seinen Mund aufmachen, denn dann wäre das ganze schöne Konzept von Klima hinfällig. Sie sollen ja nicht reden, sondern nur ähnlich sein.«

Der Wagen steuerte bald schon wieder von der Autobahn hinunter auf eine unebene, mit Pflastersteinen befestigte Straße. Im Licht der Scheinwerferkegel tauchten die Bäume eines Waldstücks auf. Ich drehte das Fenster ein Stück hinunter. Es roch nach Thymian und Rauch. Die kühle Luft drang in das Wageninnere und flog in leichten Strömungen über die Stirn. Lidia verlangsamte die Geschwindigkeit des Wagens.

»In diesem Waldstück haben wir als Kinder den Sozialismus besungen. Große Feuerstelle, der Lehrer mit der Gitarre auf dem Schoß, dann wurde Liedchen um Liedchen geträllert. Ich sage dir, das waren Nächte, da hätte ich selbst Stalin gehuldigt, wenn es verlangt worden wäre.«

Sie begann zu pfeifen und ein Lied zu singen, das offenbar aus der alten Zeit stammte. Julian sang den Refrain mit, wobei man hörte, dass er eine schöne, weiche Stimme hatte. Ich erinnerte mich daran, welche Liedstrophen ich selbst noch aus der kommunistischen Zeit kannte; lediglich der traurige Vers über einen jungen Trompeter fiel mir ein, der für die Versammlungen der Rotfrontkämpfer aufspielte und schließlich von einer feindlichen Kugel niedergestreckt wurde. Ich versuchte mir vorzustellen, wie ich ausgesehen hatte, als ich dieses Lied mit seinen endlos langen Strophen auswendig gekonnt hatte. Das weiße Hemd der Schuluniform, das blaue, kratzige Halstuch, der Anblick von Turnhallen, in denen ich zwischen meinen Kameraden stand, Schulter an Schulter, den Blick auf die Tribüne und die Staatsfahne gerichtet. Dass ich unter all den Stimmen die eigene gehört hätte, erschien mir zweifelhaft. Ich wusste nur noch, dass mir jedes Mal bei der Schlussstrophe ein paar Tränen in die Augen gestiegen waren.

Als wir in das Dorf kamen, sagte Lidia, sie glaube, das sei der Ort.

»Wie heißt er?«

Sie lachte.

»Du würdest sagen, er beginnt mit ›Rawi‹.«

Sie parkte auf einem Sandplatz neben einem niedrigen Eckhaus, in dem sich ein Restaurant befand. Nicht weit davon entfernt flackerten die Lichter einer Shell-Tankstelle, deren Leuchtbuchstaben einen Defekt hatten; das letzte *l* zitterte wie ein Blitzen in der Dämmerung. Lidia sagte, wir sollten im Wagen auf sie warten.

Julian zündete sich eine Zigarette an. Es war so still, dass man bei jedem Zug die fressende Glut hören konnte. Julian kurbelte das Fenster herunter und sagte fröhlich:

»Ich finde, das ist ein wunderbarer Ausflug.«

»Was machen eigentlich eure Eltern?«

»Sie arbeiten in Krakau bei einer großen Hotelkette in der Verwaltung.«

Lidia verschwand im Restaurant. Nach kurzer Zeit kam sie wieder und meinte, man habe ihr die Adresse von Leuten im Dorf gegeben, die in Frage kämen.

»Was heißt ›in Frage kämen‹?«

»Vielleicht haben wir Glück«, sagte sie, ohne mir zu antworten.

Sie startete den Motor und wendete den Wagen.

»Fahr nicht so wild an. Mir fällt die ganze Asche runter.«

»Du sollst ja auch nicht im Wagen rauchen, Julian.«

Die Häuser des Dorfes glitten vorüber. Dazwischen gab es immer wieder Durchblicke auf Felder und Sandhügel. Ich fragte mich, wie Samuel in diesen Ort gekommen war. Ich in seinem Alter wäre in eine heillose Angst verfallen. Die Furcht hätte von Anfang an zweifellos die Sehnsucht nach Abenteuern aufgefressen wie hungrige Raupen, die an einem Blatt nagen.

In einer kleinen Gasse hielt Lidia den Wagen wieder an. Diesmal stiegen wir alle drei aus. Lidia ging voraus, und wir folgten ihr über den Kiesweg, vorbei an duftenden Rhododendronbüschen, zur Tür.

Der Mann, der uns öffnete, trug einen dunklen Rollkragenpullover und Jeans. In seiner spontanen, leicht zurückhaltenden Freundlichkeit wirkte er wie ein Großstädter. Lidia wechselte schnell ein paar Worte mit ihm, dann ließ er uns herein.

Das Haus hatte einen engen Flur, in dem lauter Pferdesättel herumlagen. An den Wänden waren Bilder von Turnierpferden zu sehen. Es gab auch Ölgemälde, auf denen die Tiere wie Statuen auf einer Wiese standen, den Blick starr nach vorn gerichtet. Julian sagte zu mir, das Dorf sei berühmt für seine Pferde und der Mann sei ein Züchter.

Der Mann brachte Bier und bot uns Platz in der großen Wohnküche an. Nun sprach er mich auf Englisch an und fragte, ob ich der Begleiter des Jungen sei. Ich sagte ihm, dass ich die Reise mit dem Jungen begonnen hätte. Ich sei mir nicht mehr sicher, ob das Wort Begleiter noch stimme. Doch, doch, entgegnete er, der Junge habe von mir gesprochen, gut gesprochen. Ich solle mir um Himmels willen keine Sorgen machen. Er habe zwar kein Wort von dem schnellen Gerede des Jungen verstanden, aber sein Bruder habe ihm das meiste übersetzt. Der Bruder sei Taxifahrer in Krakau, spreche ein wenig Deutsch und habe den Jungen in der Innenstadt aufgegabelt.

Der Mann redete, als habe er jeden Tag solche Auskünfte zu geben. Ab und zu nippte er an seinem Bierglas, prostete mir zu und warf Lidia und Julian einen polnischen Satz zu.

Ich fragte, wo der Junge nun sei. Auf dem Weg nach Warschau natürlich. Der Mann sah mich irritiert an. Der Junge habe doch extra angerufen, um mich zu informieren. Außerdem seien sie davon ausgegangen, dass ich Bescheid wisse. Ich fragte, was er damit meine. Nun, der Junge habe gesagt, er treffe dort Verwandte, die ein Restaurant besäßen. Heute habe er noch im Hof gesessen, mit den Hunden gespielt und ihnen sein Taschentuch als Spielzeug hingehalten. Ein herrlicher Junge, neugierig, freundlich und sehr höflich. Er habe sich den Mittag über schließlich auf die Bank im Hof gelegt und sein Gesicht in die Sonne gehalten.

Es fiel mir schwer, zu glauben, dass der Mann von demselben Samuel sprach, den ich kannte. Der Mann erzählte, dass der Bruder mit einem Kollegen in Warschau einen neuen Wagen abhole, der am nächsten Tag nach Krakau überführt werden müsse. Daher habe er den Jungen mitgenommen. Er stand auf, ging zu einem Schrank und zog eine Schublade auf. Das von einem Hundemaul zerfetzte Taschentuch Samuels hielt er stolz in die Höhe.

»Wie ein kleiner Matador hat er es benutzt. Die Hunde auf dem Hof sind nicht gefährlich, aber wenn es um solche Spiele geht, sind sie ehrgeizig. Sie wollen wissen, wer der Stärkere ist.«

22.

Das Zimmer war hergerichtet, als hätten die Eltern meinen Besuch erwartet.

Frische Bettwäsche lag auf dem Stuhl; Mineralwasser stand auf dem Tisch. Der Blick aus dem Fenster führte hinaus auf den Garten, in dem Magnolienbäume wuchsen. Ich öffnete das Fenster und atmete die kühle Nachtluft ein. Ich wusste nicht einmal, wie der Ort hieß, in dem ich mich befand. Das Haus musste früher einmal eines der größeren Bauernhäuser des Dorfes gewesen sein. Ein riesiges Dach saß auf dem Gebäude wie ein festgefügter Schatten.

Wenn man auftrat, hörte man die Holzdielen knarren. Ich zog aus meiner Tasche den Boswell-Band hervor und legte mich ins Bett. Wieder einmal stellte ich fest, dass die Leichtigkeit, die von den Wörtern ausgeht, sich durch nichts ersetzen ließ. Warum nur glaubte ich mit so naiver Überzeugung, diese Leichtigkeit ließe sich auf das normale Leben übertragen? *Die Liebe scheint mir das Bemerkenswerteste überhaupt auf der Welt zu sein. Ich weiß nicht, ob Tiere irgendwie zwischen verschiedenen Weibchen unterscheiden können, auch weiß ich nicht, ob unter Kühen, Hühnern und Hunden so etwas wie eine Vorstellung von Schönheit existiert. Ich glaube eher, dass die wilden Tiere nur das Eine kennen, ohne sich viel um die Beschaffenheit des Objekts ihrer Begierde zu kümmern.*

Ich schlug das Buch zu und überlegte, ob es klug war, sich bei einem unbekümmerten Menschen aus dem achtzehnten Jahrhundert Ratschläge darüber einzuholen, wie man solche Dinge wie Schönheit und Liebe im eigenen Leben verstehen sollte. Eine Menge lehrreicher Sätze sprangen durch meinen Kopf, und am Ende dieser Kette konnte ich nur noch daran denken, dass ich im Grunde die ganze Zeit an nichts anderes dachte als daran, Lidia noch einmal in dieser Nacht sehen zu wollen.

Ich stand auf und ging ins Bad, das sich am Ende des kleinen, von Deckenbalken durchschnittenen Flurs befand. Das Wasser schoss ins Becken, und ich hielt meine Hände darunter. Klar und kalt floss das Wasser über meine Haut und hinterließ auf den Fingernägeln einen Glanz. Plötzlich öffnete sich hinter mir die Badezimmertür. Im Spiegel sah ich Lidia.

»Warum hast du denn nicht abgeschlossen?«

»Ich wollte mir nur die Hände waschen.«

»Also einfach hier rumstehen, in den Spiegel schauen und auf das Geräusch fließenden Wassers hören. Manchmal bist du seltsam.«

»Da täuschst du dich. Ich habe lediglich, wie soll ich sagen, ein bisschen die Zeit vergessen. Weißt du, an was ich gedacht habe?«

»Nein.«

»Dass ich hier warten werde, bis du ins Bad kommst.«

Sie lächelte und kam ein Stück auf mich zu.

»War das eine Liebeserklärung? Wenn ja, dann war es die seltsamste, die ich bisher gehört habe.«

»Offensichtlich gefällt dir das Wort seltsam.«

Ich fuhr ihr langsam durchs Haar bis hinunter in ihren Nacken und berührte ihren Stirnansatz. Ihre Haut war weich und warm. Ich versuchte sie zu küssen, aber sie drehte ihren Kopf zur Seite.

»Bist du nicht hier, weil du den Sohn der Frau suchst, die du liebst?«

»Ich bin in diesem Land schon lange nicht mehr nur wegen Samuel. Ich habe jetzt das Gefühl, mit ihm hier zu sein, nicht mehr wegen ihm.«

»Das war nicht die Frage.«

»Es klingt vielleicht komisch, aber ich weiß nicht mehr, ob ich Anna noch liebe; das habe ich dir aber schon gesagt. Ich habe eine Menge vergessen.«

»Das ist eine sehr durchschnittliche Situation. Ein Mann trifft eine Frau. Er begehrt sie, weil sie exotisch ist, das heißt, sie ist weit weg von seinem Leben und sowieso nur für eine kurze Zeit erreichbar.«

»Empfindest du denn überhaupt nichts für mich?«

»Vielleicht sollten wir solche Gespräche nicht im Badezimmer führen. Komm.«

Ich folgte ihr in ihr Zimmer. Dort befanden sich einige grün gepolsterte Sessel und ein großer Tisch, auf dem lauter Zeitungen lagen. Ich entdeckte eine Seite, auf der das Bild Klimas prangte, neben ihm seine Doppelgänger. Es gab nur ein Fenster in dem Zimmer, eine Dachluke, die halb geöffnet war. Lidia brachte eine Flasche Wein und zwei Gläser. Sie stellte die Gläser ab, setzte sich aufs Bett und entkorkte mit einem Metallöffner die Flasche.

»Hier habe ich meine Kindheit mit Julian verbracht. Wir waren wahrscheinlich das besterzogene Geschwisterpaar des Dorfes, obwohl unsere Eltern weder sonderlich katholisch noch streng waren. Aber irgendwie herrschte eine eigenartige Harmonie zwischen uns. Ich kann mich nicht erinnern, dass wir uns je einmal länger als eine halbe Stunde gestritten hätten. Erst als das mit den Jungs bei Julian losging, veränderte sich etwas zwischen uns. Und dann noch einmal, als Julian bei Klima zu arbeiten anfing.«

Sie brach ab.

Ich setzte mich neben sie, und wir tranken den Wein. Sie fragte mich, ob ich Musik hören wolle, sie besäße eine alte Platte der Birkin. In einem Schrank verborgen stand ein beigefarbener, russischer Plattenspieler. Sie zog die Platte aus der Hülle und legte sie auf. Ich genoss es, ihr zuzusehen: die geschickte Handbewegung, mit der die Schallplatte auf dem Plattenteller landete, dann das Aufsetzen der Nadel, das Knacken, Kratzen und Rauschen in den Boxen. Schließlich begann die Musik, das fulminante Schluchzen der jungen Jane Birkin. In dem Moment wusste ich, dass ich glücklich war. Ich lehnte mich an die Wand hinter dem Bett, trank den Wein und sah Lidia zu, wie sie neben mir saß, mit der Hand über den Glasrand fuhr und die Augen geschlossen hielt.

»Wenn wir heute Nacht miteinander schlafen, bedeutet das lediglich, dass du mir gefällst. Nichts mehr, verstehst du?«

Lidias Stimme klang leise und bestimmt.

»Nein, das verstehe ich nicht.«

»Ich will nicht, dass wir uns etwas einreden. So einfach ist das. Wenn du den Jungen gefunden hast, wirst du zurück nach Deutschland gehen. Du wirst genauso schnell die Dinge, die dir hier wichtig waren, vergessen, wie du jetzt deine alte Welt vergessen hast.«

»Das klingt gerade so, als ob dir die Situation, in der wir uns befinden, bereits vollkommen klar wäre.«

»Dir etwa nicht?«

Sie lächelte mit einem Anflug von Trotzigkeit. Dann legte sie den Kopf auf meine Schulter.

»Als in Polen noch der Kommunismus herrschte, hatten meine Eltern einmal Besuch aus Lyon, Verwandte, die nach dem Krieg aus dem Land fortgegangen waren. Sie saßen im Wohnzimmer und redeten immerfort darüber, dass sie Sehnsucht nach der alten Heimat hätten und zurückkehren wollten. Wie glücklich müssten wir doch sein, sagten sie, dass wir in dem Land, das uns doch erst zu wirklichen Menschen macht, leben könnten, trotz der Umstände und tristen Lage. Meine Eltern sagten aus Höflichkeit, ja, sie seien nicht unzufrieden mit ihrem Leben, obwohl das eine glatte Lüge war. Erst am dritten Abend des Besuchs, als die Jammerei der Verwandten wieder losging, wagte mein Vater den Einwand, sie könnten doch nach Polen zurückkehren, wenn es ihnen in Frankreich nicht gefiele. Diese Bemerkung, das konntest du auf den Gesichtern der Verwandten sehen, war ein verbotener Satz. Er brachte alles ins Wanken, weil er beiden Seiten die Kluft zeigte, in der wir lebten. Damals begriff ich das nur instinktiv. Ich bewunderte meinen Vater für das, was er gesagt hatte. Für diese eine Bemerkung, die weder besonders intelligent noch mutig war. Die Verwandten fuhren zurück nach Frankreich und schrieben uns weiterhin zu Weihnachten und Ostern ihre Karten mit Glückwünschen und Ansichten von der Stadt Lyon. Es hatte sich zwischen uns im Grunde nichts geändert, nur zu weiteren Besuchen kam es nicht mehr. In meiner Phantasie hing das immer mit dem Satz meines Vaters zusammen, der einfach nur gesagt hatte, sie könnten doch zurückkehren. Hätten die Verwandten ehrlich geantwortet, hätten sie zugeben können, ja, wir lieben unsere Herkunft, aber nicht so sehr, dass wir dafür auf unseren Einkauf im Supermarkt und unseren Urlaub in der Provence verzichteten. Niemand von uns hätte ihnen das übelgenommen, außer eben sie selbst. Sie wollten Menschen sein, die ihre Herkunft nicht dem Verrat preisgaben, und das ging nur mit einer klitzekleinen Lüge, die leider den Fehler hatte, dass die anderen sie mitspielen mussten. Darum will ich nicht, dass wir so tun, als ob es zwischen uns keine Kluft gäbe.«

»Mit dem Unterschied, dass der Kommunismus längst erledigt ist und ich auch kein Verwandter aus Lyon bin.«

Ich legte meine Hand auf ihre Schulter und begann vorsichtig ihren Hals zu streicheln. Alles an Lidia gefiel mir. Auch dass sie versuchte, mir jede Form von Zukunft auszureden, skeptisch, ironisch, aber ohne bösen Willen, und zugleich darauf wartete, dass ich widersprach.

Um nichts in der Welt hätte ich mir in diesem Moment den Glauben nehmen lassen, dass Lidia die Frau war, mit der ich zusammensein wollte.

In dieser Nacht liebten wir uns, als ob die körperliche Nähe zwischen uns schon seit undenkbar langer Zeit bestand. Lidias Körper war mir sofort vertraut. Es gab keine Fremdheit, kein Misstrauen. Sie hatte einen schlanken, biegsamen Rücken, über den ihre roten Haare in welligen Kaskaden fielen. Ihre Hände waren schmal und voller Kraft. Warm und zärtlich wanderten ihre Fingerkuppen über meinen Körper und blieben wie auf unhörbare Zeichen hin genau an jenen Stellen ruhen, von denen die Lust ausging. Mit den Füßen strich sie an meinen Unterschenkeln entlang, die Zehen fest auf die Haut gedrückt. Ich wollte, dass unsere Berührungen unendlich lange andauern sollten. Nichts sollte mir entgehen; ich war neugierig auf jede Einzelheit ihres Körpers.

Als ich ihre Brüste küsste, dachte ich einen Moment an Anna. Ungefähr dort, wo bei ihr das Muttermal war, hatte Lidia eine kleine Tätowierung, ein mäanderndes Pflanzenmuster. Sie schob sanft meinen Kopf von dieser Stelle fort. Ich erinnere mich, dass etwas in mir sagte, nun ist das mit Anna vorbei; in diesem Augenblick beendest du einen Plan deines Lebens, auf den du einmal viel gesetzt hast. Vielleicht lag es an dem herrlich Pathetischen, Verschwenderisch-Genusshaften des Liebesrausches, dass selbst mein schlechtes Gewissen mir noch wie ein Meer sagenhafter Gefühle vorkam. Als ich in Lidia eindrang, zog sie meinen Kopf zu ihrem Mund und flüsterte etwas in ihrer Sprache. Anfangs glaubte ich, sie zu verstehen, doch dann sprach sie weiter, und ich genoss diese Sätze als herrliche Nachrichten für meine Sinne.

In der Frühe erwachte ich, weil die Hähne im Dorf zu krähen begannen. Die Morgendämmerung zeigte sich in dem schmalen Ausschnitt des Fensters in einem wässrigen Dunst. Lidia lag neben mir; ihr Körper hatte auch jetzt noch etwas von dieser Nacktheit, die nur so viel preisgab, wie die Augen zuließen. Warum, fragte ich mich, spürt man bei dem Menschen, den man zu lieben beginnt, den Zwang, alle Berührungen ständig wiederholen zu wollen? Die Wiederholung war wie ein Pfad, auf dem man immer dichter an den anderen heranzukommen glaubte. Wie weit war ich aber in Wirklichkeit von Lidias Leben entfernt? Mir gefiel die Vorstellung, dass meine Hand, mit der ich über ihren Rücken streichelte, all das Geschwätz von Nähe und Entfernung einfach wegwischte, wie der Daumen, der die Schrift des Bleistifts zunichte macht.

Sie sagte, sie wolle noch einen kleinen Moment schlafen. Ich solle schon in die Küche gehen.

Ich hatte Hunger und stellte mir vor, dass unten in der Stube Lidias Eltern und ein prächtiges Frühstück warteten. Stattdessen trat ich in die leere Küche mit Blick in den Garten, einem großen blauen Tisch und einer Kanne Kaffee, auf der ein Zettel für Lidia klebte. Ich sah durch die Fenster Julian, der sich einer sonderbaren Morgengymnastik hingab. Er stand in Shorts unter einem Baum und vollführte langsame, gedehnte Bewegungen mit Armen und Beinen, offenbar eine asiatische Bewegungsform, wobei er den Kopf gerade wie ein Bogenschütze hielt. Ich öffnete das Fenster und rief ihm zu, ob er wisse, wo sich das Brot befinde. Er sah mich verdutzt an, dann lachte er und rief zurück, es sei da, wo auch das Salz stehe. Er legte sich sein Handtuch über die Schultern und kam ins Haus.

»Na, wie war die Nacht? Schöner als mit mir?«

»Was meinst du?«

»Dass du mit meiner Schwester geschlafen hast. Vielleicht beneide ich sie ja.«

Er goss sich Kaffee ein und stellte sich mit dem Rücken zum Fenster.

»Du scheinst das Land unbedingt von allen Seiten kennenlernen zu wollen.«

»Wo sind eigentlich eure Eltern?«

»In Krakau. Sie arbeiten dort. Oder glaubst du, sie sind draußen auf dem Feld mit dem Pferdepflug und graben die Scholle um, während ihre Tochter zu Hause vom alten Nationalfeind erobert wird?«

Lidia erschien in der Küche. Sie hatte sich ein weißes T-Shirt angezogen. Schläfrig setzte sie sich an den Tisch.

»Was redet ihr?«

Julian und ich mussten lachen.

»Schwesterherz, wir sind uns einig, dass uns dein Wesen glücklich macht.«

»Pack lieber deine Sachen, Julian. Wir fahren nach Warschau.«

»Wieso? Was soll ich an meinem freien Tag in Warschau?«

»Wir bringen ihn hin« – sie deutete mit einer Kopfbewegung auf mich – »und besuchen die Verwandten. Ich habe gestern mit Mama gesprochen; sie sagte, Onkel Marek habe noch deine Kostüme, die du im letzten Sommer bei ihm vergessen hast. Also überleg es dir, du kannst auch hierbleiben.«

»Nein, ich komme mit. Ich finde es lustig, dass wir offenbar zu einem Reiseunternehmen für Deutsche werden.«

23.

Auf den Straßen lag das Sonnenlicht wie in einem ausgetrockneten Flussbett. Lidia fuhr schnell, drehte unentwegt am Radio herum und pfiff vor sich hin. Sie hatte sich entschlossen, über die Landstraßen zu fahren, weil sie, wie sie sagte, den Tag mit uns genießen und nicht mit dem Anblick von Autobahnbeton verbringen wolle. Außerdem solle ich etwas von Polen sehen. Wir seien hier im Herzen des Landes, sagte sie mit einem Augenzwinkern.

Seltsamerweise war die ganze Unruhe, was Samuel betraf, von mir abgefallen. Ich konnte mir beim besten Willen nicht vorstellen, was er in Warschau vorhatte, aber ich vertraute darauf, dass jegliche Furcht unbegründet war. Bei den holländischen Verwandten in Warschau konnte es sich nur um die Freunde von Jan handeln. Aber warum hatte ich nicht mitbekommen, wie Jan dem Jungen die Adresse gegeben hatte? Und was, wenn die Freunde noch verrückter als Jan und sein Koch waren?

Während wir durch einen langen, grün flirrenden Alleentunnel hindurchfuhren, stellte ich mir vor, in welcher Rolle ich in Klimas Kartei aufgenommen werden könnte. Vielleicht als Kopie eines Boswell-Übersetzers. Freilich war das eine alberne Vorstellung, aber es machte mir Spaß, zu denken, dass die Leute aus den Verlagen in einer Agentur wie der von Klima anriefen und sagten, wir möchten gern jemanden haben, der so übersetzt wie er, der in Stil und Klang und Erfahrung ihm ähnelt, denn der Ähnliche ist interessanter als das Original. Ich hatte einmal von einem Schauspieler gelesen, der in seiner besten Rolle als Stolpernder auftrat, jahrelang. Der Schauspieler hatte gesagt, dass er nur am Anfang des Stückes und noch einige wenige Male zum Ende das Stolpern deutlich vorzeigen müsse. Das reiche vollkommen aus, um dem Publikum den Stolpernden glaubhaft vor Augen zu stellen. In gewisser Weise waren Klimas Doppelgänger auch solche Andeuter.

Lidia schaltete das Radio aus.

»Sag mal, Julian, willst du uns nicht mal eines deiner Lieder als Signorina Martina vorsingen?« sagte ich.

»Ich mache mich nicht zum Affen.«

»Dann singe eben ich eines der Lieder.«

Lidia begann ein Lied anzustimmen. Die Textstellen,

die sie vergessen hatte, übersprang sie mit einem Summen. Julian schüttelte den Kopf und meinte, sie würde ihn parodieren, man müsse das Lied viel langsamer singen. Schließlich sangen beide den Refrain gemeinsam. Ich versuchte, mit den Fingerknöcheln an der Scheibe den Rhythmus zu klopfen.

»Julian, sieh mal, da ist unser See. Erinnerst du dich noch?«

Lidia schlug vor, anzuhalten und schwimmen zu gehen. Ich dachte daran, wieviel Zeit wir verlieren würden, und zugleich hoffte ich, Julian würde zustimmen. Er kniff leicht die Augen zusammen, wartete einen Augenblick und sagte dann:

»Wunderbar.«

Der Fiat bog in einen Waldweg ein.

Zwischen den Stämmen sah man den See, eine klare Wasserfläche, auf der glitzernd die Sonne lag. Der Wagen holperte über den verwurzelten Sandboden. Es war heiß. Ich drehte das Seitenfenster herunter und atmete die warme, nach Holz und Asche duftende Luft ein. Wie lange war ich nicht mehr an einen See gefahren. Eine kindliche Vorfreude überkam mich. Das knackende Geräusch der Reifen schien zum inneren Bestand des Sommers zu gehören, zu all dem, was mich auf dieser Reise mit einem sonderbaren Glück erfüllte.

Julian zog sich sein T-Shirt aus und sagte, er werde ins Wasser hineinlaufen, eleganter als es Marlon Brando in seinen besten Filmen je getan habe. Lidia lachte. Als sie den Wagen auf einem Sandplatz in der Nähe des Ufers anhielt, sprang Julian nach draußen, warf seine Hosen und Schuhe von sich und rannte nackt in den See, wo er kopfüber und mit einem hellen Klatschen ins Wasser tauchte. Lidia sah zu mir hinüber, die Hände noch auf dem Lenkrad haltend, und hob die Brauen. Von draußen war das prustende Rufen von Julian zu hören, der immer wieder polnische Wörter in die Luft schrie.

»Los, komm.«

Wir zogen uns ebenfalls aus und rannten Julian hinterher. Das Wasser war noch kalt und stach in die Haut. Ich tauchte unter und schwamm mit kräftigen Zügen vorwärts. In den Ohren klang ein dumpfes Rauschen. Ich hielt die Augen geschlossen; langsam nahm die Kälte ab. Dann drehte ich um. Ich sah die Beine und Füße von Lidia und Julian; wie weiße Pflanzen trieben sie hin und her, einem fremden Zeitmaß folgend. Ich schwamm zu ihnen hin und tauchte auf. Wie drei Bojen schaukelten wir im Wasser. Julian fuhr sich mit der Hand über das nasse Gesicht und sagte:

»Ich finde, du solltest dich bei mir entschuldigen.«

»Ich? Weil ich eines deiner Lieder hören wollte?«

»Ja, weil du dich lustigmachen wolltest. Sehen, wie ich als Mann ein Lied singe, das zu einer Frau gehört.«

»Lidia hat es doch gesungen.«

»Sie hat sich lustiggemacht.«

»Also müsste sie sich auch entschuldigen.«

»Stimmt.«

Lidia breitete die Arme aus und wartete, wie das Wasser langsam über ihren Mund stieg.

»Und wie soll die Entschuldigung aussehen?«

»Ihr müsst mir einen Kuss geben. Beide.«

Lidia schaute mich an.

»Einverstanden.«

Ich schwamm auf ihn zu, so dass unsere Beine leicht aneinanderstießen, griff nach seinem Bein, zog es schnell nach oben und küsste seinen Fuß, während er wild mit den Armen ruderte, lachte und sich nach hinten abstieß.

»So, Lidia, nun musst du dich entschuldigen.«

Lidia schwamm zu Julian, fasste seinen Kopf, küsste ihn auf den Mund und drückte ihn unter Wasser.

Er löste sich von uns, tauchte einige Meter, während wir ihm folgten.

»Wir sind in der Mitte des Sees«, rief Julian.

»Das Land ist erobert«, rief Lidia und spritzte mich nass.

Wir überboten uns prustend in sinnlosen Sätzen.

Dann schwamm Lidia zu mir heran, biss mir leicht in die Schulter. Sie umfasste mich von hinten.

»Nun bist du mit Chauffieren dran.«

Ich weiß nicht, wieviel Zeit verging, während wir alle drei am Ufer lagen und darauf warteten, dass die Mittagssonne unsere Körper getrocknet hatte.

24.

Die Sonne begann schwächer zu werden. Immer wieder wechselten die Ausblicke auf die Landschaft. Dörfer, hinter denen sich Felder ins Endlose erstreckten, eine sommerlich gelbe Farbe darüber, durchzogen von einem salzigen Lichtfilm, dann wieder Wald, kleinere Städte und Industrieanlagen, die mich an meine Kindheit erinnerten. Seltsamerweise hatte ich den Anblick solcher Fabriken nie als hässlich empfunden.

Einmal war ich mit Anna in meine Heimatstadt gefahren, eine kleine Stadt im Südosten Deutschlands. Wir waren durch den winterlich nebligen Stadtpark gegangen, den Ring entlang, eine Straße, die sich, gesäumt von hohen Bäumen, einige Buckel und Erhebungen hinaufschleppte. Ich hatte ihr die Schule gezeigt, in der ich als junger Pionier auf dem weiten Kiesplatz in der Mitte des Schulgeländes stundenlang Appell gestanden hatte. Nach dem Untergang des Staates war eine Gehörlosenschule in das Gebäude eingezogen. Wir gingen durch die leeren Flure, sahen auf den Innenhof mit dem Kiesplatz, setzten uns auf die Holzstühle mit den Eisenstreben, die immer noch in der Ecke herumstanden, wo früher die älteren Schüler heimlich geraucht hatten. Die alte Zeit schien wie wucherndes Gras in diesen Räumen hoch zu wachsen, einen Duft verströmend, der längst vergessene Bilder in mir aufrührte. Anna hatte gesagt, mein Gott, muss das eine trostlose Zeit gewesen sein. Wie alt und ausgepumpt sei diese Stadt. Ich verstand genau, was sie meinte. Im Grunde beneidete ich sie darum, dass ihr Begriff von Schönheit und Wohlbefinden sich in anderen Gegenden ausgebildet hatte. Ich konnte aber nicht anders als die Stadt, in der ich aufgewachsen war und die zweifellos ein heruntergekommener Ort war, schön zu finden. Die Stille und Leere wirkten auf mich nicht niederschmetternd. Ich erkannte in ihnen ohne einen Anflug von Bedauern meine Herkunft. Als Anna davon erzählte, dass sie als Austauschschülerin eine Zeitlang in Spanien gewesen war, mit der Klasse Reisen nach Paris und Rom unternommen hatte, begriff ich, warum ihr meine Existenz in dieser Stadt exotisch und hinterwäldlerisch vorkommen musste.

Nun, neben Lidia sitzend, glaubte ich, dass es mein Fehler gewesen war, so zu tun, als ob ich nur mit denen über die Vergangenheit sprechen konnte, die ihre Bilder kannten. Ich wünschte mir, Lidia würde etwas über das Leben in dem Land erzählen, durch das wir fuhren. Sie drehte wieder am Radio und fand eine englische Station, die aus Warschau sendete.

»Mit diesem Sender lerne ich Englisch. Es gibt am Abend immer eine Stunde lang ein Sprachprogramm, bei dem sie Wörter für den Alltag erklären.«

»Klingt lustig, wie sie das Uns-geht's-bestens-Feeling nachahmen.«

»Ich brauche Englisch fürs Restaurant. Es kommen immer mehr Ausländer in die Stadt. Ich möchte die Leute verstehen.«

Der Wagen schwenkte in eine Autobahnzufahrt ein. Lidia hatte sich entschlossen, das letzte Stück der Strecke die Autobahn zu nehmen, so dass wir noch vor Einbruch der Dunkelheit in Warschau ankommen würden. Ab und zu legte sie mir die Hand aufs Bein, oder ich berührte ihren Nacken, ohne dass wir viel sprachen. Julian war eingeschlafen.

Die Schnelligkeit, mit der sich die Dinge verwandelten, wunderte mich. Ich war als nicht sehr neugieriger Gast hergekommen und stellte nun fest, dass mein altes Leben von mir abfiel, ohne dass abzusehen war, was kommen würde. Ich wollte Lidia auf keinen Fall verlieren.

In Warschau herrschte heftiger Verkehr.

Julian meinte, zu dieser Zeit sei hier ein wunderbares Chaos. Wie hatte sich Samuel in diesem Gewirr von Farben, Geräuschen und Lichtern zurechtgefunden? Und wo war er? Lidia sagte, die Verwandten würden in einer großen Wohnung leben; ich könne bei ihnen übernachten. Ich hatte im Rückspiegel gesehen, dass Julian bei dem Wort groß gelächelt hatte.

»Nein. Ich suche mir ein Hotel, es ist besser so.«

»Meinst du wirklich?«

»Ja. Kennt ihr ein Hotel in der Nähe?«

»Nicht weit vom Bahnhof in der Mazowieckastraße ist eines, allerdings ein alter Kasten aus der kommunistischen Zeit. Da wären wir nicht so weit voneinander entfernt.«

Lidia parkte den Fiat in der Einfahrt des Hotels, schrieb mir auf einen Zettel eine Telefonnummer, küsste mich und wünschte mir viel Glück. Julian kurbelte das Fenster herunter und drückte mir die Hand. Dann verschwand der Fiat rasch im Verkehr der engen Straße. An der Rezeption orderte ich auf Englisch ein Zimmer und fragte nach einem Verzeichnis aller Hotels und Restaurants der Stadt. Der ältere Mann hinter dem Tresen schüttelte erst den Kopf – ein kurzer absurder Schreck durchfuhr mich, als ich an seiner Schläfe die gleichen Altersflecken, wie sie Klima besaß, entdeckte. Dann zog er aus einer Schublade einen zerfledderten Katalog, dessen Umschlag abgerissen war. Ich bedankte mich und fuhr mit dem Fahrstuhl in den vierten Stock.

Das Zimmer führte auf die Straße. Mich überfiel ein Gefühl von Glück. Ich dachte an den See, an Julian, an Lidia, wie sie im Wasser ihre Arme um meine Schultern geschlungen hatte.

Ich stellte den Fernseher an – ein amerikanischer Musiksender lief – und blätterte in dem Katalog. Nur hinter einigen Hotels und Restaurants standen englische Erklärungen. Ich suchte unter A nach Amsterdam – kein Eintrag. Ich probierte andere holländische Städte durch, Rotterdam, Den Haag, Leyden – nichts. Dann schoss es mir durch den Kopf: Die internationale Auskunft anrufen! Du musst die Nummer vom Amsterdam in Dresden herausfinden. Ich griff zum Telefonhörer und hatte innerhalb weniger Minuten die Nummer des Restaurants. Die Leitung knackte und rauschte; dann hörte ich Sebastians Stimme. Nein, Jan sei nicht im Haus, aber ich solle ins Yellow Moon gehen.

»Yellow Moon, das klingt ja sehr holländisch.«

»Das ist sicher das Restaurant, das Jan dem Jungen genannt hat.«

Ich schrieb mir eilig die Straße auf.

»Sebastian, du hast alles wieder gutgemacht, ich danke dir.«

Um mich zu vergewissern, dass Sebastian sich nicht geirrt hatte, blätterte ich rasch in dem Katalog auf der Suche nach den hinteren Buchstaben des Alphabets, und tatsächlich stand da als Erstes unter dem Buchstaben Y der Vermerk: *Yellow Moon – the Fantastic Dutch Restaurant.*

Ich beschloss, zu duschen und mir dann ein Taxi zu nehmen. Zielsicher wie ein Maulwurf schien sich Samuel seine Bahn durch diese für mich undurchschaubare Welt zu schaufeln. Wie kam er ohne die Kenntnis des Englischen hier nur einen Schritt voran?

Draußen lag ein gleichmäßiges Dämmerlicht. Im Fernseher tauchte ein schwarzer Sänger auf, der hinter einem Schlagzeug auf der Dachterrasse eines New Yorker Hochhauses saß. Aus meiner Tasche kramte ich den Zettel hervor, auf dem die Nummer von Annas Apartment in Washington stand. Auf den Zettel starrend, überlegte ich krampfhaft, wie die Vorwahl der USA lautete. Dann, mich endlich erinnernd, wählte ich die lange Nummer. Das surrende Geräusch der Wählscheibe erfüllte das Zimmer. Meine Hände wurden kalt. Dreimal erklang das Rufzeichen, dann hörte ich ihre Stimme.

»Yes? Hello?«

Ich legte auf.

Als ich unter der Dusche stand, ließ ich das heiße Wasser minutenlang über meinen Körper brausen. Nachdem ich die Dusche abgedreht hatte, blieb auf den dunkelgrünen Kacheln der Kabine ein weicher makelloser Glanz zurück.

25.

Das Taxi fuhr über eine Viertelstunde kreuz und quer durch die Stadt. Das Yellow Moon befand sich unweit des Altstadtbezirks in einer Seitenstraße, die sich zu einem Platz hin öffnete. Über einer Veranda flackerte in gelber Leuchtschrift der Name. Ich traute meinen Augen nicht: Im Licht der Scheinwerfer sah ich einen Jungen am Ende des Platzes in eine der abzweigenden Straßen einbiegen. Ich glaubte, Samuels Gang und seine Bewegungen zu erkennen. Diesmal war es gewiss keine Täuschung!

Ich wollte aus dem Taxi springen und zu ihm hinrennen, aber der Fahrer hielt mich am Arm fest und forderte sein Geld. Ich kramte ein paar Münzen aus der Tasche hervor. Der Mann deutete auf den Zähler; es war zu wenig. Endlich hatte ich mein Portemonnaie hervorgezogen und drückte ihm wütend die zwei Scheine in die Hand, die ich noch besaß, dann rannte ich los. Auf dem Platz standen Bäume und ein Stein mit Inschriften, eingerahmt von einer Blumeninsel. Mein Laufen hallte über den Platz. War es diese Straße? Ich folgte einem vagen Gefühl und lief immer schneller. Hauseingänge wechselten ab mit Geschäften, Garagen, dann eine Bar, wieder Hauseingänge. Wo war er hin? Das musste die falsche Straße gewesen sein. Ich kehrte um, kam wieder auf den Platz und lief in die nächste Abzweigung hinein. Die Straßen schienen endlos zu sein. An einer Ecke sah ich die Leuchtreklame eines kleinen Kinos. In einem Schaufenster fiel mein Blick flüchtig auf ein Plakat, das einen leeren weißen Astronautenanzug zeigte. Im Eingangsraum des Kinos brannte Licht; ich wollte eintreten, aber die Tür war verschlossen.

Der Kassierer, ein großer kräftiger Mann, erschien, öffnete mit einem Schlüssel die Tür, schüttelte unwillig den Kopf und ließ mich ein. Offenbar hatte die Vorstellung schon begonnen. Er wies auf eine Tafel, auf der die Preise für die Filme standen. Ich kramte in meinen Taschen nach den Münzen; es reichte nicht. Ich wollte mich an ihm vorbeidrängen, denn ich war mir sicher, Samuel saß in der Vorstellung. Irgendwo dort drinnen, glaubte ich, hockte er in seinem Sitz vergraben und blickte auf die Leinwand. Ich sagte auf Englisch, mein Sohn wäre in dem Kino, ich müsse ihn abholen. Aber der Kassierer drückte mich wie einen lästigen Betrunkenen nach draußen, schimpfte und rief etwas, das wie *Polizia!* klang. Er schloss die Tür laut hinter sich zu. Ich überlegte, vor dem Kino zu warten, doch dann überkamen mich Zweifel: Was war, wenn Samuel gar nicht in der Vorstellung saß? Ließ man einen Jungen in seinem Alter überhaupt allein in eine Erwachsenenvorstellung?

Ich lief zurück zu dem Platz und ging ins Yellow Moon.

In dem Restaurant roch es nach Rauch; an den Wänden hingen gerahmte Plakate mit Bildern von Rembrandt; sonst erinnerte nichts an Holland. Es saß kaum jemand an den Tischen. Ein älterer Kellner kam auf mich zu und sprach mich auf Polnisch an. Ohne nachzudenken, fragte ich, ob Samuel hier sei. Ich wollte die Frage auf Englisch wiederholen, aber er lächelte und sagte: »Ah, Sie sind es. Wir haben schon auf Sie gewartet. Haben Sie den Jungen getroffen?«

»Nein, ich bin hier, um ihn zu sehen.«

»Er ist vor einer halben Stunde fort. Er sagte, er habe eine Verabredung mit Ihnen.«

»Das kann nicht sein. Er weiß gar nicht, wo ich untergekommen bin.«

Der Kellner zuckte mit den Schultern.

»Kommen Sie.«

Er führte mich ins Hinterhaus. Im ersten Stock öffnete er eine Tür, hinter der sich ein Gang mit lauter Zimmern auftat.

»Das sind unsere Gästezimmer. Und hier ist das Zimmer des Jungen. Er ist ein anständiger Kerl, ein bisschen sonderbar, aber anständig. Sehen Sie, heute hat er diesen Karton angeschleppt und eine Karte. Aber fassen Sie nichts an; er soll nicht denken, ich hätte jemandem erlaubt, in seinen Sachen zu wühlen.«

In dem Zimmer stand Samuels Rucksack. Auf dem Bett lag ein großer schwarzer Karton; obenauf, in eine feste Sichthülle verpackt, eine Stadtkarte von Warschau. Alles war akkurat angeordnet. Trotz dieses Anblicks empfand ich keine Erleichterung. Die Anordnung machte den Eindruck, als ob er das Zimmer für ein längeres Ausbleiben präpariert hatte.

»Hat er wirklich nicht gesagt, wohin er wollte?«

»Nein, er kommt und geht, wann er will. Meinem Kind würde ich das nicht erlauben, aber er hat wohl einen sehr eigenen Kopf.« Er schloss die Tür wieder ab und klopfte mir auf die Schulter.

»Keine Sorge, in den nächsten Tagen kommt seine Mutter nach Warschau. Da hat das Abenteuer ohnehin ein Ende. Jan hat das organisiert. Der Junge war kurzzeitig etwas verzweifelt.«

Mir wurde heiß.

»Warum hat mich niemand in Krakau angerufen?«

»Jan meinte, es sei besser so, Sie hätten eigene Sorgen. Ich mische mich nicht ein. Ich mache das nur aus Freundschaft. Nun kommen Sie, ich muss wieder ins Restaurant.«

Ich ließ ihm die Nummer des Hotels da und sagte, er solle mich sofort anrufen, wenn Samuel auftauche. Er erklärte mir, wie ich am besten ins Hotel zurückkam.

Ich nahm, wie der Kellner gesagt hatte, die Straßenbahn und fuhr bis zum Sächsischen Garten. Der Kies des Parks wurde von orangefarbenen Laternen beleuchtet. Aus Lautsprechern dröhnte Marschmusik. Einige junge Männer mit Irokesenhaarschnitt und Lederjacken saßen rauchend auf einer Bank. Sie boten mir Zigaretten an. Es roch nach Sommer, eine schwere städtische Luft, angefüllt mit der niedersinkenden Hitze des Tages.

Ich dachte daran, dass, wenn Anna nach Warschau kam, auch Predotta auftauchen werde. Würden sie dafür sorgen, dass ich mich von Samuel fernhalten musste? Würden sie alles auf mich abwälzen? Und mit Recht?

Auf einem Schild am Ende des Parks stand in englischer Sprache, dass sich in dem Gebiet während des Weltkrieges heftige Kämpfe abgespielt hätten. Ich musste an Predotta und Klima denken. Zu der Zeit waren die beiden Kinder in diesem Land gewesen, miteinander auf mir unbekannte Weise verstrickt. Ebenso unerreichbar und verschwunden wie die Häuser, die einmal hier gestanden hatten, war ihre Geschichte, jedenfalls für mich. Ich glaubte, dass die Reise mich ohne mein Zutun und Wollen in diese Geschichte hineingezogen hatte.

Im Foyer des Hotels rief ich von einer Kabine aus das Hotel Bari in Krakau an. Ich fragte, ob Predotta eingetroffen sei. Die Frauenstimme am anderen Ende der Leitung sagte, ja, er würde in Zimmer 14 wohnen; das war das Zimmer, in dem Samuel geschlafen hatte. Ich bat die Frau, mir Predotta ans Telefon zu holen. Ich war aufgeregt. In meinem Magen kreisten kleine Steine, während ich wartete. Dann hörte ich seine Stimme, dieses kurze, energische Aussprechen seines Namens.

Wider Erwarten war Predotta freundlich.

»Deine Abreise war ein bisschen verfrüht. Du hättest auf mich warten können.«

»Ja, meinst du? Samuel ist hier in einem holländischen Restaurant gelandet. Aber damit sage ich dir wahrscheinlich nichts Neues. Anna, habe ich gehört, fliegt direkt nach Warschau.«

»Ich weiß, ich weiß. Ich komme morgen auch. Sag mir die Adresse des Hotels, dann weiß ich wohin.«

Ich nannte ihm die Adresse von Yellow Moon und hörte, wie er mit dem Stift auf dem Papier herumkritzelte. Mit keinem Wort fragte er nach dem Verlauf der Reise. Ich fasste mir ein Herz und fragte ihn:

»Hast du dich mit Klima getroffen?«

»Ja, ich habe ihn gesehen. Aber er hat die alte Zeit nicht vergessen. Wenn ich sehe, wie rührig er hier ist und wie erfolgreich, kann ich es nicht fassen, dass er so bockbeinig und starr ist, was die Vergangenheit betrifft.«

»Du hast mir vor der Reise weder etwas von Klima noch von deinem Leben in Krakau erzählt.«

Predotta sagte einige Sekunden lang nichts. Ich hörte nur, wie er atmete.

»Du hast Recht. Das war ein Fehler. Die ganze Reise war eine blödsinnige Idee. Vielleicht habe ich auch Samuel unterschätzt. Hauptsache ist, dass er wieder da ist. Was Klima betrifft, dachte ich, dass der Gefallen, um den ich ihn gebeten habe, ein Anfang sein könnte.«

»Das verstehe ich nicht.«

»Soll ich dir etwa am Telefon erzählen, wie wir als Jungendliche gemeinsam durch Krakau gerannt sind, als Freunde, die nichts auseinanderbringen konnte, bis die braune Horde uns getrennt hat? Willst du hören, wie er mit seiner Familie in einem Kellerloch saß und ich ihn besuchen kam, bis mein Vater mir verbot, dort hinzugehen? Das ist eine von tausend gewöhnlichen Geschichten aus dieser Zeit. Wir haben gleich nach dem Krieg sauberen Tisch damit gemacht. Feigheit und Angst ist nichts, was man jemandem hinterherträgt, glaub mir, das sind die weitaus harmloseren Dinge. Als ich jedoch Student in Ostberlin wurde, schrieb ich einmal einen

Aufsatz in einer Parteizeitung, in dem ich behauptete, dass nur derjenige, der in das Auge der Weltgeschichte geblickt hätte, also der politisch kämpfende Mensch, ein Recht hätte, sich Opfer zu nennen. Nun ja, damals war ich jung; alle Welt redete von der Politik und der neuen Zeit und dem kommunistischen Paradies. Wie du weißt, bin ich davon bald geheilt worden.«

»Ich weiß nichts von deiner Vergangenheit.«

»Jedenfalls hat Klima diesen Artikel damals gelesen und ihn als Verrat empfunden. Er blieb nach dem Krieg in Polen, arbeitete bei der Straßenbahn. Solange es noch möglich war, trat er auf einer kleinen Bühne in Krakau auf, die jiddische Stücke spielte. Du kannst dir vorstellen, wie viele Leute dahin kamen. Als dann die Kommunisten anfingen, sich über die Juden zu mokieren, war es auch mit der Bühne aus. Er hat mir den Artikel nie vergessen. Er schrieb mir damals einen Brief, in dem stand, es sei ihm scheißegal, ob man ihn als Opfer bezeichne oder nicht. Aber er sei keinesfalls ein politischer Mensch, um keinen Preis gebe er sich so einen dämlichen Namen. Ja, er hatte Recht, es war ein dummer Artikel, der mir im Übrigen gar keine Vorteile gebracht hat. Ich wurde später wegen ideologischer Unzuverlässigkeit von der Universität relegiert. Ich habe bis zu meinem Wechsel in die freie Hälfte des Landes auf Mecklenburgs Feldern geschuftet. Ernteeinsatz sage ich nur, davon weiß deine Generation natürlich nichts mehr, früher war das noch ein Begriff. Sengende Sonne, feuchte, schmutzige Erde, Bauern mit Parteiabzeichen, dünner Kaffee und klamme Betten. Als die Kommunisten ein schlechtes Gewissen wegen ihrer Judenfeindlichkeit bekamen, gaben sie Klima, der das Land nicht verlassen hatte, einen Kulturposten. Er wurde zum Vorzeigemenschen, obwohl er schlauerweise nie in die Partei eingetreten ist. Seine Freunde in Tel Aviv sagten, er solle endlich den Unsinn lassen und auswandern. Wie auch immer, ich begegnete ihm auf Konferenzen im Westen, und er unterhielt sich kühl mit mir, gab den sonoren Besserwisser, aber immerhin, er sprach mit mir. Ich schrieb ihm hin und wieder einen Brief. Er schrieb zurück und später, als die Grenzen fielen, lud ich ihn in eins meiner Seminare an die Universität ein. Was tat er? Er redete vor den Studenten über seine Agentur und stellte krude Behauptungen auf: dass man die Schrecken des Politischen nur brechen könne, wenn man das Politische veralbere, wenn man das Monströse mit dem Gelächter konfrontiere, den Witz als Weltgeist verstehe und dergleichen. Mir fiel auf, wie beeindruckt die Studenten von seinem Auftreten waren. Wie sicher er sprach, mit dem Oberkörper so lässig auf das Pult gelehnt, lächelnd, auf Einwürfe mit einer kurzen gelassenen Handbewegung antwortend ...«

Predotta war in einen wahren Redestrom geraten. Als ich mich, den Hörer an die Schulter gepresst, in der Kabine umdrehte, sah ich durch die Scheibe Lidia im Foyer stehen.

Ich klopfte sachte an das Glas, um ihr ein Zeichen zu geben. Sie sah mich und lächelte mir zu; sie gefiel mir sehr.

»Lass mich ausreden, mein Lieber, es ist wichtig, dass du verstehst, warum ich auf Klima gekommen bin. Seit seinem Auftritt in der Universität hatte ich gehofft, in gewisser Weise sei das Eis zwischen uns gebrochen. Er war zugänglich, Klima besuchte mich sogar zu Hause, spöttelte über den Wohlstand, in den ich wie in einen Süßbreitopf gefallen sei, und trank Unmengen Rotwein. Über unsere Krakauer Zeit verlor er jedoch kein Wort. Ich erzählte ihm von Anna und natürlich auch von Samuel. Damals hatte der Junge gerade begonnen, die ersten Bücher des polnischen Schriftstellers zu lesen. Ich sagte, dass ich mich erinnern könne, wie er, Klima, als Kind in Krakau die Endreime von berühmten Gedichten oft verändert hatte, aus Spaß, weil sein Vater manchmal pathetisch Verse vortrug. Wie er Städtenamen neu erfunden hatte, so dass aus Moskau Moppelgau oder aus Frankfurt Fressfurt geworden war. Klima antwortete nicht, sondern fragte mich, ob ich auch die Weltraumbücher des Polen gelesen hätte. Ich sagte, nein, das hätte ich nicht. Da meinte er, dass man das aber gelesen haben müsse. Der Kosmos stehe im Werk dieses Meisters für die Möglichkeiten des menschlichen Lebens an sich. Eine sehr irdische Angelegenheit sei dieses Werk. Die Sterne seien hausgemacht, große pulsierende Symbole für die Fragen der Erde. Der Abgrund des Alls sei nichts weiter als der seelische Container, der in uns allen als finsteres Volumen existiere. Er, Klima, habe einmal in der Rolle des Alten in einer Schule vorgelesen, ein Spaß, eine Parodie, von welcher der Berühmte sogar gewusst habe, denn man kenne sich natürlich, und einstimmig sei ihm bescheinigt worden, wie sehr er sich dem Original anverwandeln könne. Es beeindruckte mich, was er sagte. Ich gewann ein anderes Verständnis für Samuels Begeisterung, die mir bis dahin fremd geblieben war. Klima hatte seine Wirkung auf mich nicht verfehlt, und ich dachte mir, dass ein Mann wie er mit dieser Verstellungsleidenschaft und Schauspielneigung vielleicht sehr viel eher dazu geeignet war als irgendjemand sonst, in die verquere Innenwelt des Jungen einzudringen. Nun, das war falsch, und ich hätte dich freilich in meine Überlegungen mit einbeziehen sollen, aber ich kannte dich kaum, kenne dich jetzt noch nicht, und machte in gewisser Weise auch die Augen zu vor dem, was passieren konnte. Zudem hatte ich fest damit gerechnet, dass der Auftritt Klimas nur die äußerste Notlösung sein würde. Ich konnte nicht wissen, dass der Schriftsteller in den Staaten sein würde.«

Predotta brach ab. Nach einer kurzen Pause, durch die Scheibe zu Lidia blickend, sagte ich:

»Entschuldige, ich kann jetzt nicht weiter mit dir sprechen. Nur noch eins, es geht hier nicht nur um deine Geschichte. Wir sehen uns morgen in Warschau.«

26.

Lidias Körper war nach der Liebe nicht erschöpft. Sie lag neben mir und bewegte ihre schmalen Füße auf meinen Beinen. Ich wollte wieder und wieder mit ihr schlafen. Ich war geradezu süchtig nach dem Zustand, den ich mit ihr erreichte und der mir im Grunde vollkommen neu war: die Abwesenheit jeglicher Missverständnisse. Keine in der Zärtlichkeit versteckten Vorbehalte, kein lauerndes Sichbeobachten, kein Kampf, keine aufgerissenen Augen, in denen sich merkwürdige Botschaften türmten.

Lidia schien irgendwo in sich einen Vorrat an Kraft zu haben, der mir rätselhaft blieb. Sie hatte mich auf den Bauch gedreht, meine Wirbelsäule vom Nacken ab mit zwei Fingern gestreichelt, ihre Hand dann über den Hintern gleiten lassen bis hinab zwischen die Beine, wo sie mich fest berührte. Schließlich hatte sie mir den Nacken geküsst, wobei sie in ihrer Sprache einige Worte flüsterte. Ich fragte sie, was sie gesagt habe. Sie zog die Decke ein wenig zu sich.

»Willst du das wirklich wissen?«

»Ja, unbedingt.«

»Vielleicht weiß ich es ja nicht mehr?«

»Das glaube ich dir nicht.«

»Ich habe gesagt, dass du Angst hast.«

»Was?«

»Na gut, dass du ein bisschen Angst hast. Ich hatte Lust, das zu sagen, ohne Bedeutung.«

»Ich habe keine Angst.«

»Nein?«

»Ich fand mich heute sogar ausgesprochen mutig gegenüber Predotta.«

»Wer ist das?«

»Der Vater von Anna und der Geldgeber dieser Reise. Im Grunde muss ich ihm dankbar sein, sonst hätten wir uns nicht kennengelernt und würden nicht hier liegen.«

Lidia stand auf und ging zur Minibar. Ihr nackter Körper wirkte in dem anonymen Hotelzimmer wie eine ungeheure Ermutigung. Sie stellte sich ans Fenster und hielt die kleine Flasche Sekt, die sie aus der Bar geholt hatte, gegen das Licht.

»Diese winzigen Perlen. Mein Vater sieht auch manchmal so prüfend in eine Sektflasche hinein und sagt dann, ohne eine Miene zu verziehen: Juwelen für die Leber.«

Sie strich sich die Haare nach hinten.

»Es ist ein guter Sommer. Wirklich.«

Sie drehte sie sich um und rief, glucksend vor Lachen:

»Hier, fang auf!«

Ich fing die kühle Flasche auf und ließ mich ins Bett zurückfallen.

Lidia kam zu mir zurück, nahm mir die Flasche aus der Hand und setzte sich auf meine Brust, so dass ich ihren warmen Körper auf meiner Haut spürte, sein Pulsieren und seine Feuchtigkeit. Sie ließ etwas Sekt aus der Flasche auf meine Brust tropfen und verrieb zärtlich die Flüssigkeit auf meinen Brustwarzen.

Ich wollte etwas sagen, aber sie hielt mir die Hand auf den Mund.

»Als Julian einmal von einem Auftritt aus Frankreich zurückkam, hat er ein schönes Sprichwort mitgebracht.«

»Ich wusste nicht, dass du dir Sprichwörter merkst.«

»Es heißt sinngemäß, dass erst dann, wenn jemand alle Geständnisse abgelegt hat, sein eigentliches Geheimnis beginnt.«

»Klingt kryptisch. Wie kommst du jetzt darauf?«

»Ich hatte den Eindruck, du wolltest gerade so etwas wie ein Geständnis ablegen.«

»Ich wollte lediglich sagen, dass ich dich wiedersehen will.«

»Mehr nicht?«

Wieder hatte sie diesen leicht spöttischen Unterton, der mich verunsicherte. Ich sah zur Seite und entdeckte auf der Digitalanzeige des Nachttischweckers, dass bereits mehr als zwei Stunden seit meinem Aufbruch aus dem Yellow Moon vergangen waren. Komischerweise ließ mich die Erkenntnis dieser Tatsache vollkommen gelassen bleiben. Im Grunde wollte ich mich keinen Zentimeter aus der Lage fortbewegen, in der ich mich gerade befand. Im Gegenteil, die Zeit konnte sich ruhigen Gewissens ausdehnen, sich an Terminen vorbeischleichen. Aus mir war jegliche Nervosität verschwunden, wie Staub, den man vom Tisch bläst. Ich streichelte Lidias Bauch und ihre Brüste und wartete darauf, dass ihr Gesicht mit den geschlossenen Augen langsam, langsam mein Gesicht erreichte.

27.

»Mist!«

Als ich aufwachte, sah ich durch die Fenster ins nächtliche Dunkel. Lidias Arm lag auf meinem Oberschenkel. Mit den Füßen stieß ich an die leere Sektflasche am Bettende. Ich spürte einen leichten Kopfschmerz und ein starkes Hungergefühl. Das Einzige, was ich in den letzten Stunden zu mir genommen hatte, war der Sekt.

Ich fragte mich, ob ich Lidia wecken sollte.

Ich hob vorsichtig Lidias Arm an, stand auf und zog mich an. Auf dem Boden entdeckte ich Lidias Schuhe, ihre Tasche und ein großes weißes Badehandtuch, das ich einfach mitten im Raum liegengelassen hatte. Ich stellte mir vor, dass Anna das Zimmer in diesem Zustand sehen würde. Chaos irritierte sie.

Ich suchte nach dem Lichtschalter im Bad und drehte den Wasserhahn auf. Im Spiegel entdeckte ich mein Gesicht, in dem ich beim besten Willen nicht erkennen konnte, was es gerade dachte. Während ich mir das Wasser über das Gesicht laufen ließ, hörte ich, dass Lidia wach war. Ich stellte den Wasserhahn ab, ging ins Zimmer und sah in ihr erschrockenes Gesicht.

»Es hat gerade jemand geklopft.«

»Vielleicht jemand vom Hotel?«

»Warte, ich ziehe mich nur schnell an.«

Lidia sprang auf, sammelte ihre Sachen auf und verschwand im Bad. Ich öffnete die Tür und sah den schwach beleuchteten Gang hinab. Es war niemand zu sehen.

»Hallo?«

Samuel tauchte aus dem Halbschatten der Gangtoilette schräg gegenüber auf.

Er trug nicht mehr seine Jacke, sondern eine Art Parka mit Kapuze. Seine schwarzen Haare fielen ihm in die Stirn, sein Gesicht war gerötet. Er sah mich an, als ob wir uns erst vor wenigen Stunden verabschiedet hätten.

»Darf ich reinkommen?«

Samuel hatte *mich* gefunden! Es war nicht zu fassen. Ich suchte nach meinen Zigaretten und zündete mir eine an.

Er setzte sich auf das zerwühlte Bett, sah sich um und hörte, dass jemand im Bad war.

»Die Frau aus dem Zug?«

»Wen meinst du?«

Er machte eine Kopfbewegung in Richtung der Badezimmertür.

»Ja, die Frau aus dem Zug.«

»Dachte ich mir. Darf ich eine von deinen Zigaretten haben?«

Ohne mir zu überlegen, was ich tat, reichte ich ihm das Päckchen hin. Im gleichen Moment bereute ich es.

»Es ist mir entgangen, dass du rauchst. Deine Mutter wird sich freuen.«

»Ich rauche immer, wenn ich gute Laune habe.«

Mir schien, der Junge hatte an Ausdruck in seinem Gesicht gewonnen. Selbstbewusst, ohne jene störrische Abwesenheit, die ich so gut von ihm kannte, hockte er da, die grüne Jacke wie eine militärische Uniform stolz um die Schultern gelegt. Er zog ein Feuerzeug aus seiner Tasche und zündete sich die Zigarette an. Ich sah, dass er nicht richtig inhalierte, aber geschickt das In-die-Lunge-Ziehen des Rauches vorspielte.

»Wie hast du mich gefunden?«

»Ich wusste, dass du in Dresden im Amsterdam anrufen würdest.«

»Bin leider sehr spät auf die Idee gekommen. Ich war dir schon ganz nahe. Vor dem Kino.«

»Kino?«

Er wollte sich offenbar nicht in die Karten schauen lassen.

»Ich hatte wegen dir einigen Ärger.«

»Sieht nicht danach aus.«

Samuel warf einen Blick zur Badezimmertür und lächelte mich an. Ich strich ihm kurz über die Haare. Konnte Abwesenheit ein geheimnisvoller Nährboden für Nähe sein? Auf kuriose Art und Weise hatten wir die Reise gemeinsam unternommen, hatten uns gegenseitig zu Plätzen gezogen, die wir freiwillig wahrscheinlich nie betreten hätten. Samuel saß nun da, gelöst und ohne jede Angriffslust, an der Zigarette ziehend. Er streckte seine Beine aus, lehnte sich zurück und schnippte die Asche in den Aschenbecher auf dem Nachttisch.

In gewisser Weise hatte er sich eine beeindruckende Selbstständigkeit zugelegt, verwegen und verwildert, dabei eine besondere Ruhe ausstrahlend.

»Im Restaurant haben sie mir erzählt, du hättest deine Mutter angerufen, weil du sehr traurig gewesen seist.«

»Ja, bei der Ankunft, da ging es mir richtig schlecht. Ich habe einfach die Scheißadresse des Yellow Moon nicht gefunden, die Jan mir gegeben hatte. Ich habe dann von einem Hotel aus meinen Großvater angerufen, und der hat meine Mutter verständigt. Ich wollte gar nicht, dass sie kommt. Hätte ich nur eine Stunde länger gewartet ... ein Taxi hat mich umsonst mitgenommen. Und sie haben mich verstanden.« Stolz sagte er dann: »In dem Hotel wollten sie mich dabehalten, wo sind deine Eltern und solche Dinge, aber ich bin einfach abgehauen, war kein Problem.«

»Weißt du, im Grunde ist es ziemlich unschön deiner Mutter gegenüber, dass wir beide nicht wollen, dass sie hierherkommt.«

»Das ist euer Problem. Sie liebt dich nicht, und du liebst sie auch nicht.«

Nun hatte er wieder den altklugen Ton. Immer noch erschien mir seine Art zu reden reichlich überheblich. Dennoch konnte ich nicht anders, als ihm zuzustimmen. Samuel hatte sehr viel eher als ich entdeckt, dass auch in meinem Gefühl für Anna etwas nicht stimmte.

Lidia kam aus dem Badezimmer. Sie gab Samuel die Hand und sagte freundlich, dass er sich verändert habe.

Er blickte zur Seite, unschlüssig, was er antworten sollte.

»Ich werde jetzt gehen.«

Sie nahm ihre Tasche und schlang sich den Pullover um die Schultern. Sie verabschiedete sich von Samuel, indem sie ihm kurz durch die Haare fuhr und sagte:

»Nicht so ernst gucken.«

Ich ging mit ihr hinunter ins Foyer.

»Wann fährst du morgen nach Krakau?«

»Wir wollen früh los.«

»Ich habe ernst gemeint, was ich vorhin gesagt habe.«

»Nun machst du das gleiche offizielle Gesicht wie der Junge. Du weißt, wo ich wohne und wie ich zu erreichen bin. Ich weiß von dir gar nichts, also sind die Spielregeln doch klar.«

Es stimmte, ich hatte Lidia nicht einmal meine Adresse in Berlin gegeben.

»Warte, Lidia, ich schreibe dir meine Telefonnummer auf.«

»Nicht nötig. Du meldest dich einfach bei mir.«

Wieder hatte ich das Gefühl, jemandem nachzusehen, dem es gefiel, ohne großes Aufsehen aus meinem Leben zu verschwinden.

28.

»Willst du nicht hier schlafen?«

Samuel stand am offenen Fenster und sah in die Dunkelheit hinaus. Er hatte sich die leere Flasche Sekt vom Tisch geholt und ließ nun die letzten Tropfen nach draußen fallen. Ich trat neben ihn und wiederholte die Frage.

»Nein, ich schlafe hier nicht. Du kannst mir nichts befehlen. Ich bin frei. Du hast eine neue Freundin, also bist du von meiner Mutter getrennt. Wir gehen uns nichts mehr an, außer ...«

»Außer?«

»Außer du bestimmst nicht über mich.«

»Gut.«

»Willst du gar nicht wissen, was ich in Warschau die ganze Zeit gemacht habe?«

»Du interessierst dich ja auch nicht dafür, was ich die ganze Zeit gemacht habe.«

»Du hast mich gesucht.«

»Da bist du dir ja ganz schön sicher. Als du verschwunden warst, habe ich mir Vorwürfe gemacht, weil ich nicht gemerkt hatte, dass Predotta uns beide übers Ohr gehauen hat. Ich habe mich sehr aufgeregt. Aber dann dachte ich, du würdest zurückkommen, weil du mich nicht bestrafen würdest für eine Sache, an der ich keine Schuld hatte. Ich dachte, so klug ist er, das kann er einschätzen. Das war eben ein Irrtum.«

»Ich dachte, du hättest von all dem gewusst. Habe ich dir eigentlich erzählt, dass mir der Besitzer des Restaurants ein eigenes Zimmer gegeben hat?«

»Das habe ich bereits gesehen.«

»Das glaube ich nicht. Er hat mir versprochen, dass niemand in das Zimmer kommt.«

»Er hat es mir nur gezeigt, um mich zu beruhigen.«

»Hast du den schwarzen Karton gesehen?«

»Ja, sah sehr geheimnisvoll aus. Und die Warschaukarte habe ich auch gesehen.«

Samuel schloss das Fenster, als ob er Angst hatte, jemand könne ihn hören.

»Die Karte ist nicht mehr so wichtig. Jetzt sind wir ja hier. Aber in dem Karton ist etwas Wichtiges.«

»Nun mach es nicht so spannend. Was ist es?«

»Du darfst meiner Mutter nichts davon erzählen. Es ist ein Teleskop. Ich habe es nämlich … gefunden.«

Sein Gesicht war nun durchzogen von einer pulsierenden Erschöpfung.

»Gefunden. Das klingt nicht sehr glaubhaft.«

»Willst du es nun sehen oder nicht?«

»Um die Uhrzeit? Ich habe nicht einmal mehr Geld für die Straßenbahn. Wir müssten vorher bei der Bank vorbei. Es ist wirklich spät, Samuel, bleib heute Nacht hier.«

Samuel grinste. Aus seiner Hosentasche zog er einen 100-Zloty-Schein und wedelte damit in der Luft herum.

»Das ist nicht das Problem. Man kann sich auch etwas zusammenschnorren.«

29.

Die Nachtluft war warm und voller würziger Gerüche. In der Mazowieckastraße standen die Türen der Nachtbars offen. Eine chinesische Garküche versorgte die Passanten mit Nudeln und in brauner Soße ertränktem Reis. Am Sächsischen Garten wurden geröstete Maiskolben und Maronen verkauft. Das Geräusch der vorbeifahrenden Nachtbusse dröhnte über den Platz. Samuel ging neben mir, die Hände in den Taschen, offenbar einverstanden mit der neuen Konstellation, in der wir uns befanden. Mir gefiel seine ungestüme Trotzigkeit, die wie eine zweite Haut auf ihm zu liegen schien. Wir überquerten den großen Platz neben dem Sächsischen Garten und liefen durch einige von Restaurants und Bars gesäumte Straßen der Altstadt zu. Das mit rotem Licht angestrahlte Schloss wirkte grell zwischen den anderen nächtlichen Gebäuden. Überhaupt lag auf den Häusern, die man als Rekonstruktionen auf die alten Bombenkrater gesetzt hatte, ein Ausdruck des Demonstrativ-Neuen. Hier begriff ich zum ersten Mal, seit ich im Land war, warum meine Freunde mir gesagt hatten, manchmal liege über dem Land eine Schwermut. Von seltenen Nachmittagen in Berlin kannte ich dieses Gefühl: dass die Stadt um einen ein sonderbares Gewicht gewann. Weniger wegen ihrer Geschichte als vielmehr wegen eines spezifischen Dunstes. Man lief umher, traf Freunde, trank ein Bier und konnte sich doch des Gefühls nicht erwehren, dass all die Häuser, Straßen, Kreuzungen, Schienen, die Reklamen und Angebote eine gewisse Zähigkeit ausstrahlten, dass man in einem Käfig umherlief, der nicht einmal Gitterstäbe brauchte, um einengend zu sein. Vielleicht lag in dieser Empfindung aber auch eine spezifische Lust verborgen, nämlich die der Befreiung aus dieser Wahrnehmung. Wie sehr war ich jedes Mal mit der Stadt wieder versöhnt worden, wenn ich beispielsweise von den Bernauer Seen zurückkehrte und im Wagen auf dem nördlichen Autobahnring den Fernsehturm auftauchen sah, der wie eine verbrauchte, stumpfe, gegen das Licht stehende Nadel in den dämmernden Himmel stieß, oder wenn man nachts aus lauter Übermut in das kalte Wasser des Plötzensees tauchte, dort, wo das alte Schwimmbad seine Außengrenze hat und man mit ein paar Zügen zu den Steinbänken in der Mitte des Bades gelangt. Das waren Augenblicke, in denen man inmitten der Stadt aus ihr ausbrach und sich den Raum zum Atmen zurückholte.

Samuel zeigte mir von einer Brücke aus die Lichter der Altstadt. Er kramte aus seiner Jackentasche ein Päckchen polnische Zigaretten hervor und bot mir eine an. Von der Straße drang das Geräusch der durch die Dunkelheit rasenden Autos herauf.

»Mein richtiger Vater hat keinen Beruf gelernt. Er macht nur Aushilfsjobs.«

»Anna hat kaum etwas von ihm erzählt.«

»Er lebt in England mit einer anderen Frau. Ich mag sie.«

»Und magst du Lidia?«

»Ich weiß nicht. Wirst du zu ihr ziehen?«

»Vielleicht. Aber was soll ich in Krakau? Ich muss in Deutschland Geld verdienen.«

»Ist doch eine Ausrede. Du kannst doch arbeiten, wo du willst.«

»Ehrlich gesagt, ich habe noch nicht darüber nachgedacht, was werden wird. Als Erstes muss ich das Boswell-*Journal* zu Ende übersetzen. Die Zeit drängt. Ich habe in den letzten Tagen nichts gemacht. Aber es geht mir gut. Ich weiß nicht, wann ich mich das letzte Mal so frei gefühlt habe, vor allem jetzt, wo du wieder da bist.«

»Du bist manchmal komisch.«

»Das hat deine Mutter auch schon zu mir gesagt.«

Samuel ließ seine Zigarette nach unten fallen. Der rot glimmende Punkt tänzelte schnell durch die Dunkelheit und verschwand zwischen den Wagen.

»Als ich in Warschau ankam, habe ich beschlossen, auf keinen Fall wie meine Mutter oder mein Großvater herumzulaufen. Seit ich hier bin, wurde mir noch nicht ein einziges Mal schwindlig. Verstehst du, ich bin nicht ein einziges Mal umgefallen.«

»Ich war mir ehrlich gesagt nie ganz sicher, ob du dieses Umfallen nicht nur vorschwindelst.«

Samuel kratzte sich am Hals.

»Das Teleskop ist übrigens eines mit 700 Millimeter Brennweite. Ein Meade NG 60. Keine 3 Kilogramm schwer.«

»Ich nehme an, es lag einfach so auf der Straße. Du bist vorbeigegangen und hast gesagt, hoppla, so ein Zufall aber auch, hier liegt ein Teleskop.«

Samuel versuchte, ein Lachen zu unterdrücken.

»Ja, wirklich. Fast so war es.«

30.

Der Kellner im Yellow Moon zog die Decken von den Tischen. Hinten im Raum saßen noch ein paar Gäste, sonst war das Restaurant leer.

»Ah, da sind Sie ja wieder. Wollen Sie ein Bier?«

»Danke, ich wollte nur den Jungen zurückbringen.«

»Es ist ziemlich spät. Sie können hier schlafen. Das mit dem Geld regeln wir dann morgen. Ich gebe Ihnen den Schlüssel für das Zimmer nebenan.«

»Nein, danke, das ist nicht nötig.«

Ich war fest entschlossen, die Nacht nicht in dem Haus zu verbringen. Alle Müdigkeit war von mir abgefallen. Ich glaubte, dass diese Nacht mir noch etwas schuldig sei. Ich wollte auf keinen Fall als Aufpasser in der Nähe Samuels bleiben.

Das Teleskop war weitaus weniger groß, als Samuel es mir geschildert hatte. Er zog es aus dem schwarzen Karton und baute es auf. Samuel öffnete die Balkontür und stellte das Teleskop nach draußen. Immer noch war die Hitze stark; die Wärme stieg aus den Stauungen der Hinterhöfe langsam auf. Samuel hantierte umständlich an dem Teleskop herum.

»Willst du mal durchschauen? Wir haben Glück. Von hier aus hat man einen guten Blick.«

»Nein, mir reicht, was ich so sehe.«

Ich sah nach oben in den wolkenlosen Himmel. Einige Sterne funkelten hervor. Ich suchte nach den Sternbildern, die man mir als Kind einmal erklärt hatte, war mir aber nicht einmal sicher, ob ich den Großen Wagen richtig zuordnen konnte.

»Nun schau doch mal durch. Da sieht man tausende Jahre altes Licht.«

Ich erfüllte ihm den Wunsch und sah durch das Okular; mich überkam das Gefühl einer sonderbaren Kälte angesichts dieses metallischen Flimmerns, während Samuel mir erklärte, was ich erkennen sollte. Seine Stimme war leise, flüsternd; mit einer fast atemlosen Schnelligkeit erzählte er, sprudelte sein Wissen hervor. Keines der Sternbilder, die er mir beschrieb, konnte ich finden, aber ich hörte ihm gerne zu. Seine Stimme brachte für mich Ordnung in das blitzende Durcheinander, und so sagte ich, ja, ja, genau, stimmt, ich sehe es, natürlich, und wartete indessen darauf, dass er mir eine weitere Konstellation beschrieb.

»Und das hast du alles aus den Büchern des Alten?«

Er schüttelte den Kopf.

Ich fragte Samuel nun, ob er das Teleskop geklaut habe.

»Ja.«

»Sie hätten dich erwischen können.«

»Bei den Tabletten haben sie mich auch nicht erwischt.«

»Du solltest dir das nicht angewöhnen. Sonst wirst du eines dieser neurotischen Kinder aus gutem Hause, die zur Therapie gehen müssen.«

»Was ist neurotisch?«

»Hör einfach mit dem Klauen auf.«

Samuel gähnte; er schraubte das Teleskop vom Stativ ab, putzte das Okular an seinem T-Shirt sauber und erzählte etwas über die Tiefe von Mondkratern. Ich hielt, auf dem zerschlissenen Balkonsessel sitzend, die Augen geschlossen. Ich war mir sicher, dass das meiste, was Samuel erzählte, der Wahrheit entsprach: Er schien mir endlich zu vertrauen. Nach einer Weile tippte er mir auf den Rücken.

»Du kannst hier schlafen. Die Wäsche für das zweite Bett ist dort im Schrank.«

»Nein, ich gehe zurück ins Hotel. Glaub mir, es ist besser so. Ich komme morgen früh und hole dich ab.«

Samuel warf seinen Parka vom Bett auf den Stuhl und legte sich hin. Er schob die Hände unter seinen Kopf und tat so, als wäre er binnen Sekunden in Tiefschlaf gefallen.

»Hey, Samuel, du wolltest auch nicht in meinem Hotel schlafen.«

»Ich habe doch gar nichts gesagt.«

Ich setzte mich zu ihm aufs Bett und legte meine Hand auf seine Schulter. Eine eigentümliche Stille trat zwischen uns ein. Schutz suchend hatte er sich zur Wand hin eingerollt. Er rutschte einige Male hin und her, als sei ihm unwohl. Plötzlich drehte er sich um und legte den Kopf auf meine Knie.

Leise war sein Atmen zu hören. Ich war überrascht und wusste nicht, was ich tun sollte. Vorsichtig strich ich ihm ein-, zweimal über den Kopf. Er vermied es, mich anzusehen. Dann drehte er sich im Bett wieder auf die andere Seite und zog sich die Decke über die Schultern.

»Ich komme morgen früh. Du kannst dich darauf verlassen.«

Im Treppenhaus war es dunkel. Der Kellner stellte gerade die Stühle auf die Tische. Er grinste und schüttelte den Kopf, weil er offenbar nicht verstand, warum ich ging. Im Grunde begriff ich es selbst nicht. Ich wusste nur, dass ich noch nicht zurück ins Hotel wollte. Der Kellner erklärte mir, wo ich eine Bank fände. Nachdem ich das Geld hatte, ging ich einfach drauflos.

Ich schlenderte eine breite Hauptstraße entlang, an der sich links und rechts Hochhausbauten türmten, die selbst in der Nacht noch eine stolze Nüchternheit ausstrahlten. Ich liebte diese an Boulevards erinnernden Hochhausstraßen, die verblichene Wuchtigkeit ihrer einfachen Formen.

Plötzlich stand ich vor dem Gebäude des Hauptbahnhofes. Drinnen scheuerten die gelben Reinigungsfahrzeuge über den glatten Boden, scheinbar immer dieselbe Runde drehend. Auf den Sitzbänken schliefen einige Männer. Die Uhr zeigte nach Mitternacht an. Das Licht in der Halle war erfüllt von dieser harmlosprächtigen Zustimmung zur Welt, wie man sie in allen großen Bahnhofshallen wiederfindet.

Ich ging zu den Schautafeln und suchte nach den

Zügen, die täglich nach Krakau fuhren. Ich zögerte einen Moment, dann erst suchte ich nach den Expresszügen Richtung Berlin. Obwohl ich in der Innentasche einen Stift trug, entschied ich mich dafür, mir die Zeiten einfach zu merken. Ich durchquerte die Halle, zündete mir eine Zigarette an und hörte, wie auf irgendeinem der Gleise donnernd ein Zug einfuhr.

In der Nähe des Hotels fand ich gegen drei Uhr eine mit Menschen überfüllte Bar. Eine lange Theke zog sich an der mit eingelassenen Aquarien geschmückten Wand entlang. Ich dachte an die Küche in Dresden, an die Hand Sebastians, wie sie in das Wasser des Aquariums gegriffen hatte. Mir schien diese Situation eine Ewigkeit zurückzuliegen.

Im hinteren Teil der Bar gab es eine kleine Bühne, auf der Stripperinnen tanzten. Ich bestellte mir einen Gin Tonic und sah den Frauen zu, die sich um die Stangen wanden und dabei ständig den Kopf in den Nacken warfen. Die Frauen wirkten so, als ob sie nur darauf warteten, diese albernen Kreiselbewegungen beenden zu können. Die Gäste schienen zumeist Ausländer zu sein. Ich hörte Englisch und Deutsch heraus. Nach einer Weile erschienen weitere Frauen auf der Bühne, in rote Gewänder gehüllt; sie sangen *Saturday Night Fever* als Playbackversion. Es dauerte einen Moment, ehe ich begriff, dass es Männer waren, die lediglich in Frauenkostümen steckten. Ein Tänzer glich Julian; er war jedoch mindestens zehn Jahre älter als er, was mich ungemein beruhigte. Ich wollte niemanden mehr treffen, mit niemandem mehr reden, nur den Gin Tonic trinken, den Frauen und den Schwimmbewegungen der Fische zusehen und der Musik zuhören.

»Du siehst aus, als ob du mit dem Kopf gleich auf die Theke schlägst.«

Ich sah in das geschminkte, nervöse Gesicht eines Mannes, der kaum älter als zwanzig Jahre sein konnte. Er hatte sich auf den Barhocker neben mich gesetzt und eine Zigarette angezündet. Die schmalen Träger seines Kleides wirkten kurios auf den muskulösen Schultern.

»Ich bin auch ziemlich müde. Du wirst es nicht glauben, ich habe seit einer Woche kaum eine Nacht richtig geschlafen. Trotzdem geht es mir gut, wirklich.«

»Das ist ja außergewöhnlich. Ich komme übrigens aus Hannover und habe sofort gesehen, dass du Deutscher bist. Was sagst du dazu?«

»Woran hast du das gesehen?«

»An der Art, wie du dasitzt. Dieses seriöse Ermüdetsein.«

»So seriös bin ich gar nicht.«

»Komm, lass uns tanzen gehen. Sie spielen gerade einen meiner Lieblingssongs.«

Der Mann wollte mich an der Hand auf die Tanzfläche ziehen. Ich wehrte ihn ab und sagte, dass ich nicht tanzen wolle, er solle lieber noch etwas mit mir trinken.

Er riss die Arme nach oben, und ich sah, dass er sich lange, rote Fingernägel aufgeklebt hatte.

»Ist ja gut, Mann, dann nicht. Bezahlst du mir einen Gin Tonic? Oder noch besser, ich lade dich ein, und du leihst mir ein bisschen Geld.«

»Wieviel brauchst du denn?«

»Dreihundert?«

»Das ist ein großes Bisschen. Ich gebe dir hundert.«

»Das reicht auch.«

Über mich selbst verwundert, legte ich ihm den Schein auf die Theke.

»Wann bekomme ich das Geld wieder?«

Er hatte das Geld genommen und war in Richtung Ausgang verschwunden. Mir kam das komisch vor und so folgte ich ihm. In dem dichten Gedränge verlor ich ihn jedoch aus den Augen. Es schienen immer mehr Menschen in die Bar zu drängen. Eine junge Frau mit dem T-Shirt einer Rum-Company verteilte kostenlose Drinks, immer wieder rief sie dabei den Namen des Getränks. Ein dicker bulliger Mann in Lederjacke drängte mich beiseite. Es roch nach Marihuana, Schweiß und Zigaretten. Neben der Garderobe der Bar am Ausgang führte ein kleiner Gang zu einem Raum, in dem offenbar Getränkekisten gestapelt wurden. Ich hörte die Stimme des Transvestiten; er schrie und kreischte, dann war nur noch ein Wimmern zu hören. Aus dem Raum kam ein junger Mann gestürzt. Als er mich sah, stieß er mich zur Seite, so dass ich beinahe nach hinten gefallen wäre. Der Transvestit saß mit blutenden Lippen am Boden.

»So ein Idiot! Wegen scheißhundert Zloty drischt das Schwein auf mich ein.«

Ich half ihm, aufzustehen.

»Hattest du Schulden bei ihm?«

»Ist eine intelligente Frage. Nein, ich wollte ihm einen Blumenstrauß kaufen und habe den Geschmack nicht getroffen.«

»Entschuldige, dass ich gefragt habe, aber immerhin war das mein Geld, das du dem Kerl in den Rachen gestopft hast.«

»Wirst es schon wiederkriegen. Weißt du, was der mit mir gemacht hätte, wenn ich gar nichts in der Hand gehabt hätte? Außerdem müssen wir zusammenhalten, wir sind Landsleute.«

»Das klingt sehr patriotisch.«

»Mein Vater ist im Stadtbauamt in Schwerin, da kriegst du's eingepaukt, was du von deiner Herkunft zu halten hast.«

»Im Stadtbauamt?«

»Nein, bei meinem Vater.«

Der Mann zog sich sein Kleid zurecht und bat mich um ein Taschentuch.

»Hier, wisch bitte mal das Blut von meinen Lippen. Ich habe keine Lust, mich auf der Damentoilette sehen zu lassen.«

Ich tupfte ihm vorsichtig das Blut aus den Mundwinkeln. Er erzählte mir, dass er sich in den Jungen verliebt habe, und nun nehme der ihn aus, behaupte ständig, er würde ihn nicht genügend lieben. Gestern habe er sich nun zum ersten Mal Geld von dem Jungen geliehen, da der Scheck seiner Eltern aus Deutschland noch nicht eingetroffen sei. Und prompt bekomme er eins in die Fresse, weil er es heute noch nicht komplett zurückzahlen könne. Er hielt meine Hand fest und sagte:

»Weißt du, wenn du dich verliebst, bist du sowieso der Unterlegene. All das Gerede von wegen der Liebende ist der Stärkere und so ein Quatsch, das kannst du vergessen. Du musst es aushalten, dass derselbe Mensch, der zu dir zärtlich ist, dir ins Gesicht schlägt.«

»Das ist eine drastische Definition von Liebe.«

»Finde ich nicht. Was würdest du denn sagen?«

»Das Geld schenke ich dir. Ich bin müde und muss ins Bett. Pass auf dich auf.«

»He, du kannst doch jetzt nicht einfach gehen. Soll

ich hier warten, bis der Verrückte zurückkommt und sich entschuldigt?«

Ich holte meine Jacke von der Garderobe und sagte zu dem an der Wand lehnenden Mann:

»Nein, warten würde ich auf keinen Fall.«

31.

Das Bett war angenehm kühl. Ich drehte mich zur Wand und dachte an Samuel. Ich stellte mir vor, wie ich Anna, wenn sie angekommen war, erklären würde, dass sich die Dinge geändert hatten. Seltsamerweise schaffte ich es nicht, mir ihr Gesicht vor Augen zu rufen. Wie groß war die Entfernung zwischen uns geworden.

Ich erinnerte mich daran, dass ich vor Jahren einmal ein Buch übersetzt hatte, in dem ein Mann, nachdem er mehrere Frauen mit Kindern beglückt hatte, sich am Schluss zur sittlichen Umkehr entschloss und alle Frauen, denen er Leid zugefügt hatte, zu sich bat. Die Frauen ließen sich überreden, und als sie am nächsten Tag eine nach der anderen mit ihren Kindern vor der Tür seiner Wohnung in der Bronx standen, mussten sie feststellen, dass er verschwunden war. Damit endete das Buch. Ich sagte damals dem Verleger, dass ich nicht glaubte, das Buch könne ein sonderlicher Erfolg werden, denn man sterbe ja beinahe vor Neugierde, weil man erfahren wolle, wohin der sonst so träge Mann plötzlich entschwunden sei. Der Verleger hatte gelacht und gesagt, das sei doch gerade der Witz, der Moment, an dem sich alles öffne.

Gegen vier Uhr früh hörte ich, wie in einem der Zimmer nebenan jemand den Fernseher anschaltete. Ich war plötzlich hellwach. Mein Körper brauchte zwar dringend jede Minute Schlaf, aber mein Kopf wehrte sich dagegen, weiterzuschlafen. Ich ging ins Bad und nahm eine Dusche. Während das Wasser über meinen Körper lief, dachte ich daran, Anna einen Brief zu schreiben. Ich stellte mir vor, dass ich ihr den Brief in die Hand drückte und sagte, so, da steht drin, was mir durch den Kopf geht. Ich habe versucht, nichts auszulassen.

Als ich mich abgetrocknet hatte, setzte ich mich in Shorts an den kleinen Tisch im Zimmer und schrieb auf dem Hotelpapier einen Brief. Ich schrieb etwa eine halbe Seite voll, schnell und zügig. Sogar meine Handschrift passte sich der sonderbaren Disziplin an, die ich in mir aufsteigen fühlte. Dann platzte das Unternehmen wie eine Seifenblase. Vielleicht lag es an der Müdigkeit, dass mir plötzlich der Brief lächerlich vorkam. Wollte ich der Frau, die ich immerhin einmal geliebt hatte, mit ein paar klammen Worten die Situation erklären, in der wir uns befanden? Ich hielt das Blatt über den Aschenbecher und zündete es an. Die Flammen fraßen sich erst langsam, dann immer schneller in das Papier, bis es knisternd zerfiel. Es stank. Der grauschwarze Rauch drehte sich in kleinen Formationen nach oben. Ich öffnete das Fenster.

Am Himmel waren schon die ersten Dämmerungsstreifen zu sehen; unten auf der Straße wurden Container abgeholt. Die Luft roch sommerlich frisch, wieder stand ein heißer Tag bevor. Ich blieb eine Weile am Fenster stehen, dann blies ich den Inhalt des Aschenbechers hinaus. Ich dachte an die Liebesdefinition des

Transvestiten. Vielleicht, überlegte ich, hätte ich ihm antworten sollen, dass man, wenn man verliebt ist oder ein Problem mit der Liebe hat oder zwischen beiden Zuständen hin- und herschwingt wie ein Pendel, keine Briefe schreiben solle. Überhaupt solle man nichts mit Buchstaben unternehmen.

32.

Im Hotel wollte ich nicht frühstücken. Ich fuhr in die Altstadt und ließ mich an der Sigismund-Säule absetzen. Ein paar Cafés hatten bereits geöffnet. Ich ging in eine der neuen Coffee-Bars, bestellte mir zwei Croissants und einen doppelten Espresso. Draußen auf dem Platz versammelten sich ein paar Studenten, die Transparente entrollten. Sie lachten, rauchten Zigaretten und kamen hin und wieder in die Coffee-Bar, um sich einen Kaffee zu holen. Das Morgenlicht lag hell und luftig auf dem Platz; Tauben stolzierten kehlig gurrend über das Pflaster. Ich aß mit wahrem Heißhunger die Croissants und berechnete, wieviel Zeit ich noch hatte, um zu Fuß rechtzeitig bei Samuel zu sein. In einer Telefonzelle wählte ich die Nummer, die Lidia mir gegeben hatte.

»Wie gut, du bist noch in Warschau.«

»Offensichtlich, mein Lieber.«

»Ich wollte unbedingt noch mal deine Stimme hören.«

»Wirst du nach Krakau kommen?«

»Du könntest auch nach Berlin kommen.«

»Verstehe. Die berühmte Unentschlossenheit.«

»Ich ...«

»Keine Geständnisse. Dafür war es zu schön. Schreib mir.«

»Das ist nicht das, was ich gut kann. Ich meine, solche Briefe.«

»Das glaube ich dir nicht.«

»Du meinst, mir bleibt nichts anderes übrig?«

»Doch. Komm einfach nach Krakau.«

Im Hintergrund waren Stimmen zu hören. Lidia sagte, sie führen gleich. Als ich aufgelegt hatte, skandierten die Studenten auf dem Platz gerade eine Parole und klatschten nach jeder Zeile rhythmisch in die Hände. Ich machte mich auf den Weg ins Yellow Moon. Ich hatte mir vorgenommen, Samuel zu fragen, ob er Lust auf einen gemeinsamen Spaziergang durch Warschau hatte, ohne Flucht und Aufbruch.

Predotta tauchte erst am Abend im Restaurant auf. Er sagte, er habe in Warschau noch etwas zu tun gehabt. Er bestellte für Samuel und mich eine große Platte mit Steaks, Salat und Käse; für sich orderte er ein Pilzragout. Er hatte den Jungen beim Begrüßen in den Arm genommen und zweimal beinahe stolz gesagt:

»Ausreißer, mein kleiner Ausreißer.«

Mir hatte er die Hand auf die Schulter gelegt und freundschaftlich zugedrückt.

Beim Essen wurde er gesprächig.

»Wer hätte gedacht, dass wir uns hier wiedersehen. Mir fällt wirklich ein Stein vom Herzen, dass alles geklappt hat. Mein Fernbleiben von der Universität ist für ein paar Tage kein Problem, wir können also morgen in Ruhe Anna abholen und dann gemeinsam mit dem Expresszug zurück nach Berlin fahren.«

Ich wollte einen Einwand machen, aber Predotta, als würde er etwas ahnen, schob unvermittelt die Frage nach:

»Wie geht es deinem Boswell?«

Einen kurzen Moment war ich mir nicht sicher, ob er sich über mich lustig machte, doch dann sah ich in seinen Augen, dass er die Frage ernst meinte.

»In den letzten Tagen habe ich mich um anderes gekümmert, als zu übersetzen.«

»Manchmal tut der Arbeit ja auch eine Pause gut, nicht wahr. Ich hoffe, dass Anna, trotz der Unterbrechung, mit ihrer Übersetzung vorankommen wird.«

»Unterbrechung?«

»Ja. Sie wird drei Tage in Europa bleiben und dann zurückfliegen. Ich bitte dich, das Stipendium wird sie doch nicht in den Wind schreiben.«

»Verstehe.«

»Morgen früh kommt sie mit einem Flieger hier an.«

Samuel schaute neugierig zu mir hinüber. Leise sagte er:

»Fährst du mit zum Flughafen?«

Ich zögerte einen Moment, dann nickte ich ihm zu.

Am nächsten Morgen fuhr ich wieder in das Restaurant. Predotta hatte die Nacht in dem Zimmer neben dem Jungen verbracht. Er kam mir geschäftig entgegen, gekleidet in einen braunen Cordanzug, einen großen Koffer in der Hand.

»Bitte gehe hoch zu Samuel. Er soll endlich alle seine Sachen einpacken. Auf mich hört er scheinbar nicht.«

Ich grüßte den Kellner und lief die Treppen zu Samuels Zimmer hinauf. Die Tür stand offen. Er stopfte gerade ein T-Shirt lustlos in den Rucksack. Das Teleskop und das Stativ lagen neben dem schwarzen Karton auf das Kopfkissen gebettet. Als ich eintrat, bemerkte er mich.

»Ah, da bist du ja. Hast du gut geschlafen?«

»Ging so.«

Ich stellte mich ans Fenster und rauchte eine Zigarette. Samuel hatte sein Päckchen offenbar schon eingepackt.

»Freust du dich auf Berlin?«

»Nicht so richtig. Die Ferien gehen so schnell vorbei.«

»Habe ich dir eigentlich in meiner Wohnung die Frau gezeigt, die gegenüber von meinem Fenster immer die Tauben füttert?«

Samuel schüttelte den Kopf.

»Komischerweise fällt sie mir ein, wenn ich an Berlin denke. Lauter solche Nebensächlichkeiten ...«

»Bei den Leuten im Dorf – die mit den Pferden, gab es einen Hund, der mich mochte. Er kam ständig zu mir und stupste mich an. Ich könnte mir zum Geburtstag einen Hund wünschen.«

»Es ist nicht so einfach, einen zu finden, mit dem man sich auf Anhieb versteht.«

Samuel setzte sich aufs Bett und zog sich seine Schuhe an. Ich hatte das Gefühl, er ließ sich mit Absicht Zeit beim Binden der Schnürsenkel. Ich sagte ihm, dass er sich ein bisschen beeilen müsse, da wir sonst zu spät zum Flughafen kämen.

»Schaffen wir schon.«

Als Predotta ins Zimmer trat, sagte er, er habe eine kleine Komfortüberraschung für uns. Das war einer seiner typischen Ausdrücke: *Komfortüberraschung*. Er lief durch das Zimmer, die Gegenstände prüfend, mich taxierend, als sei ich auf der gleichen Altersstufe wie der Junge, dabei bemüht, großzügig und freundlich zu wirken. Er verströmte den Duft jener Welt, in der Anna sich so sicher bewegen konnte, ein unbeirrbares Einverständnis mit dem Fluss des Geschehens, dieses Wissen, es ist so viel für mich zu tun, mit mir wird es immer aufwärtsgehen. Wenn ich ehrlich war, beneidete ich ihn um diese Gabe.

Ich fragte ihn, was er denn unter einer Komfortüberraschung verstehe.

»Das wirst du schon sehen. Los, Samuel, komm, trödel nicht so lange herum.«

Samuel verstaute nun seine restlichen Sachen im Rucksack, setzte ihn sich auf die Schultern und legte dann vorsichtig das Stativ samt Teleskop in den schwarzen Karton. Er zeigte wieder sein gänzlich unbeteiligtes Gesicht.

Predotta bat uns im Restaurant, einen Moment zu warten. Mit jovialer Geheimnistuerei erledigte er nun *das Geschäftliche*. Er legte einige Scheine auf die Theke, die von dem Freund Jans entgegengenommen wurden. Ich konnte hören, wie Predotta sagte:

»Entschuldigen Sie den Ärger.«

Auf dem Platz entdeckte ich den schwarzen Opel von Klima. Das also war die Überraschung!

Bartek kam langsam aus einem Kiosk geschlurft, die unvermeidliche Lederjacke tragend. Er grinste mich an und schwatzte sofort drauflos. Warum hatte ich ihn nur nicht als Jan Sobieski, den Helden vor Wien, erleben können. Er klemmte sich eine Zigarette in den

Mundwinkel, verstaute Samuels Rucksack neben dem Koffer Predottas und öffnete uns die Türen. Bartek wunderte sich augenscheinlich über nichts.

Ich setzte mich neben Samuel in den Fond des Wagens. Immer noch roch es nach Aftershave und Bier. Das Kruzifix schaukelte beim Anfahren wie ein zerbrechlicher Schmuck unter dem Rückspiegel hin und her. Bartek unterhielt sich mit Predotta auf Polnisch.

Durch die Fenster brach das Sonnenlicht herein, mir war heiß. Samuel behielt seinen Parka an, obwohl ich sah, dass auch er mit der Wärme kämpfte. Er sah aus dem Fenster, die Hand auf die Stütze der Innentür gelegt. Draußen zogen die Häuserfassaden einer der alten Straßen Warschaus vorbei, ein Platz mit einem Brunnen, ein Einkaufscenter, das wie ein geschlossener Block an den Platz gesetzt war. Samuel wandte sich an mich:

»Hast du das Buch, das ich bei den Leuten in Krakau vergessen habe?«

»Ich habe es weggeschmissen. Ich dachte, du würdest bestimmt keinen Wert auf ein Exemplar mit falscher Widmung legen.«

Samuel schien einen Moment irritiert zu sein.

»Oder hätte ich, nach deinem Prinzip, einfach die Seite herausreißen sollen?«

Er lächelte.

Predotta drehte sich um und fragte, von welchem Buch die Rede sei. Ich winkte ab und wandte mich zu meiner Fensterseite.

Wir hatten die Innenstadt verlassen und fuhren nun durch Siedlungen mit kleineren Häusern. Ein Flussbett tauchte auf, darin floss ein dünnes, kaum erkennbares Rinnsaal. Gärten waren zu sehen, wenig später Hotels, die hinter den Gärten wie Kolosse auftauchten. Wir wurden von Bussen überholt, in denen Touristen saßen und uns zuwinkten. Bartek war nun auf eine Schnellstraße aufgefahren. Er genoss es sichtlich, Gas zu geben. Der Motor dröhnte. Ich kurbelte das Fenster noch ein Stück weiter herunter und ließ mir vom Wind die Haare zerzausen. Was für ein herrlicher Tag!

Ich stellte mir vor, dass Anna mir nach ihrer Ankunft eine Ohrfeige geben würde, wie sie der Transvestit von seinem Geliebten bekommen hatte. Ja, eine solche Form der Auseinandersetzung erschien mir in dem Moment wünschenswerter als das Schweigen, das ich als Reaktion von ihr fürchtete. Ich schloss die Augen und gab mich den Geräuschen und der Bewegung der Fahrt hin.

Heute schien die Sonne auf mein Gemüt, wie Dr. Johnson mir prophezeit hat. Mir kam der Gedanke, dass ein großer Teil des menschlichen Leids von einem Lichtmangel herrührt. Wo eine unzureichende Beleuchtung herrscht, bilden wir uns ein, furchterregende Figuren zu sehen. Helles Licht beweist uns, dass es nichts zu fürchten gibt, und Furcht ist immer die Hauptursache unseres Elends. Wie wenig wirklich Böses gibt es doch im Augenblick für mich! Es sind immer Einbildungen, die uns zu schaffen machen. Dieses Duell quält und erschreckt mich immer dann, wenn ich im Dunkeln bin. Aber wenn ich es im Licht und aus der Distanz betrachte, sage ich mir folgendes: Werde ich getötet, ist der Schock nur vorübergehend – der Tod kommt so oder so.

Meine größte Sorge ist die Furcht vor der Angst – ein Gefühl, dass meine Nerven (oder was auch immer) dem Druck der Gefahr nachgeben, selbst wenn meine Seele tapfere Empfindungen hegt. Mir scheint das eine bedeutsame Konstellation. Ich muss mit Dr. Johnson darüber sprechen.

Ich werde hier in meinem Tagebuch Platz frei lassen für nachträgliche Bemerkungen, entweder von mir oder von anderen.

Boswell war mittlerweile verheiratet. Diese Zeilen schrieb er an einem Montag im März des Jahres 1776. Der Verlag, für den ich die Übersetzung anfertigte, hatte sich gewünscht, dass mit diesem Eintrag die neue deutsche Fassung des *Journals* aufhören sollte.

Es war wunderbar, dachte ich, dass man sich solche Sätze merken konnte.

»Bestens! Die Maschine ist pünktlich gelandet.«

Predotta studierte die Ankündigungen auf der Anzeigetafel. Samuel stand abseits, ebenfalls die Flugzeiten betrachtend. Die Stimmen aus dem Lautsprecher klangen ausgeschlafen. Die große Tafel flatterte vor Ankunftsneuigkeiten – Lichter leuchteten auf, Verspätungen wurden gemeldet. Die Geräusche der landenden Maschinen erinnerten an Flüge, die man nie angetreten hatte. Ich sah auf einer Werbeanzeige ein Bild der Stadt Lissabon. Es konnte unmöglich lange dauern, von hier bis nach Lissabon zu fliegen. Was hätte ich darum gegeben, wenn ich mich hätte, ohne großes Aufheben zu machen, in eine Maschine setzen und in diese Stadt fliegen können. Nein, nicht ich – Lidia und ich! Ich hatte genug von den Fahrten, die ich bereits in der Vorstellung ohne einen Menschen neben mir antrat. Am Mittag in Lissabon sitzen, essen, ein Hotelzimmer mit Aussicht haben.

Predotta schob nun den Jungen in Richtung der Absperrung. Durch mehrere Glasscheiben sah man die angekommenen Passagiere in den Raum strömen, wo sie ihr Gepäck erwarteten. Jeden Moment musste Anna auftauchen. Ich sagte zu Predotta, ich würde mir schnell noch Zigaretten kaufen gehen.

»Jetzt? Das ist doch nicht dein Ernst.«

»Es geht ganz schnell, da vorne habe ich einen Kiosk gesehen.«

Ohne Predottas weitere Reaktion abzuwarten, lief ich los, schlängelte mich zwischen den Menschen hindurch, rannte ein paar Schritte und kam außer Atem bei dem Kiosk an und kaufte die Zigaretten. Warum, fragte ich mich, beeilst du dich so? Hast du es eilig, eine peinliche Situation zu erleben? Hinter mir drängelten die Leute. Ich drehte mich um und überlegte, aus welcher Richtung ich gekommen war. Sogar die Nummer des Ausgangs hatte ich vergessen. Die Passagiere liefen in jeder Richtung an mir vorbei, jeder von ihnen offenbar vollkommen in Kenntnis gesetzt über das Ziel, das er ansteuerte.

Ich ging nach rechts den Gang entlang und entdeckte eines der Plakate, auf denen die Astronautin im All eine Tasse in die Höhe steigenden Kaffees in den Händen hielt. Ich konnte mich nicht erinnern, auf dem Hinweg das Plakat gesehen zu haben. Ich kehrte im Gang um; plötzlich befand ich mich in einer Gruppe italienischer Touristen, die laut durcheinanderschrien. Eine Frau stieß mich an und fragte mich in einem beinahe hyperventilierenden Englisch, wo es zu *Gate Number Nine* gehe. *Gate Number Nine, you know, Number Nine!* Am liebsten hätte ich den Flughafen auf der Stelle verlassen.

Dann entdeckte ich Samuel, der sich auf eine der Polsterbänke neben der Glasfront gestellt hatte und mir zuwinkte. Predotta hielt den Blick unentwegt auf den Ausgang gerichtet, aus dem nun die Passagiere kamen, die meisten ermüdet und mit zügigen Schritten an den Wartenden vorbeidefilierend.

Als Anna in der Ausgangstür erschien, sah ich nur ihr dunkles Kostüm. So hatte ich sie kennengelernt: gefasst, sachlich, begleitet von einer sanften Unsicherheit und Melancholie. Ihr Blick war nervös. Sie lächelte mir kurz zu, suchte dann nach Samuel, der nun neben mir stand. Mit seiner eigenwillig zögerlichen Art bewegte er sich auf sie zu. Anna küsste den Jungen, streichelte ihm über die Haare und hockte sich zu ihm auf Augenhöhe. Während sie mit ihm sprach, legte ihr Predotta die Hand auf den Rücken. Immer mehr Passagiere kamen nun aus dem schmalen Ausgang, ihr Gepäck an uns vorbeischiebend.

Anna stand auf. Wir sahen uns kaum an und umarmten uns. Mit ihren Händen fuhr sie kurz über meinen Rücken. Dann sagte sie etwas, das ich nicht verstehen konnte. Das Wort Fehler tauchte auf und das Wort Zeit. Ja, Fehler und Zeit waren die Worte, die ich mitbekam.

Während ich mich langsam aus ihrer Umarmung löste, erschrak ich.

In der sich wieder öffnenden Ausgangstür hinter einem Pulk von Menschen tauchte eine vertraute Gestalt auf oder, besser gesagt, der Anschein einer vertrauten Gestalt. Der rasche selbstbewusste Gang, der gedrungene Körper, das Jackett, die randlose Brille. War das Klima? Oder der aus den Staaten zurückkehrende Schriftsteller? Oder, was doch am wahrscheinlichsten war, ein gewöhnlicher Reisender, ein alter Mann, der ins östliche Europa kam?

Ich wandte schnell den Blick ab. Irgendwo, in unmittelbarer Nähe, begann ein Hund zu bellen, ein freudiges, wildes, ausuferndes Gekläff, ohne dass das Tier zu entdecken war.

Samuel hatte den Mann auch erkannt und sah ihm nach. Als er merkte, dass ich ihn beobachtete, erwiderte er ruhig meinen Blick. Das Bellen des Hundes schien zwischen uns immer lauter und lauter zu werden.

33.

Meinen Verlag habe ich um einen weiteren Monat Aufschub gebeten. Ich entschuldigte mich mit der Begründung, dass ich alles noch einmal gründlich überarbeiten müsse und außerdem noch einmal zu Recherchezwecken auf Reisen gehen werde. Ich musste mir anhören, solche Erklärungen sei man von mir nicht gewohnt. Was soll's.

Lidia schrieb mir in ihrer letzten Mail, dass das deutsche Wort Gelassenheit ihr sehr gefalle. Vielleicht hatte sie das ironisch gemeint. Ich habe jedenfalls ihre Sätze mehrfach gelesen – etwa so, wie Samuel wohl die Dinge liest, die ihm wichtig sind. Mit Sicherheit habe ich nur einen Bruchteil dessen verstanden, was sie mir sagen wollte. Aber an einer Stelle schreibt sie über den Aufenthalt in einem Restaurant in Krakau, das ich noch nicht kannte:

»Ich habe dort einmal mit einem Freund zu Abend gegessen, der immerzu davon redete, dass wir glücklich sein könnten, in dieser Stadt zu leben. Stell dir vor, er sagte wirklich ständig das Wort glücklich. Ich weiß noch, dass ich plötzlich aufstand und zu der Tanzfläche ging, die am Ende des Raumes liegt. Das Restaurant war schrecklich verraucht. Es wurde diese süßlich verkitschte Musik aus dem Synthesizer gespielt. Ich tanzte – hatte auch schon einiges getrunken –, und während des Tanzens dachte ich die ganze Zeit daran, dass ich aus der Stadt weggehen sollte, dass es nicht mehr meine Stadt ist, dass diese Gespräche über die Schönheit der Stadt und alles, was dazugehört, mir auf die Nerven gehen.

Weißt du, wenn man aufhört, die Zustände, in denen man lebt, mit dieser egoistischen Ausschließlichkeit zu lieben, einfach weil man angefangen hat, anderes zu lieben, dann ist man doch zu einem Aufbruch bereit, oder nicht?«

Bibliografische Information Der Deutschen Bibliothek
Die Deutsche Bibliothek verzeichnet diese Publikation in der Deutschen Nationalbibliografie; detaillierte bibliografische Daten sind im Internet über <http://dnb.ddb.de> abrufbar.

Satz und Layout: Boer Verlagsservice, München
Gesetzt aus der Sabon
Druck und Bindearbeit: Clausen & Bosse, Leck
Diese Ausgabe wurde auf chlor- und säurefrei gebleichtem, alterungsbeständigem Papier gedruckt.
Printed in Germany
ISBN 3-421-05831-8